天下文化
BELIEVE IN READING

我坐在琵卓河畔，哭泣。

By the River Piedra I Sat Down and Wept

Paulo Coelho

保羅・科爾賀 著——許耀雲 譯

獻給I.C.和S.B.，為助我得見上帝女性的一面。

獻給莫妮卡・安徒斯，為她一路陪我走來，全心在世間散發光與熱。

獻給保羅・洛可，為我們聯手出征的喜悅，也為我們之間爭戰的情操。

獻給馬修・羅爾，為他始終記得《易經》所言：「兌，亨，利貞」。

國際讚譽

保羅．科爾賀深諳文學鍊金術之奧祕。

——大江健三郎／日本作家、諾貝爾文學獎得主

保羅．科爾賀是大家最熟悉的作家。我們相信正如他所言：我們的愛與意志力，足以改變自己的命運，也能改變很多人的命運。

——美國前總統歐巴馬

能與馬奎斯齊名、躋身拉丁美洲最暢銷作家之列，是一種不凡的成就——巴西作家科爾賀做到了。他的作品《我坐在琵卓河畔，哭泣。》發人深省，令讀者反思自我，並從而審視自己與他人的關係，以及與整個世界的互動。

——《墨西哥太陽報》

保羅．科爾賀精通直白透澈、有深度、有溫度、有智慧的敘事技巧。我認為他的文

筆是小說家中第一人，《牧羊少年奇幻之旅》是一種享受，而《我坐在琵卓河畔，哭泣。》則是另一個瑰寶，光芒在我們逝去之後，仍將燦爛。我推薦每一位想要踏入新世界的讀者，試試科爾賀的作品。他高超的寫作，直通每一個人的人生與心靈，帶給你脫胎換骨的感受。

——丹・米爾曼／《深夜加油站遇見蘇格拉底》作者

保羅・科爾賀，你已成為數百萬讀者心中的鍊金術士。你的作品如此傑出，激發了我們勇敢去愛的能力、尋夢的渴望，以及在尋夢過程中的自我探索。

——杜斯特布拉吉（Philippe Douste-Blazy）／法國前文化部長

無懈可擊的作品。我很喜歡保羅・科爾賀作品中那種直率的真情流露。他筆下的人物並非超級英雄，而是大家熟悉的尋常男女，尋找自己的過往與真實。

——凡妮莎・迪墨（Vanessa Demouy）／法國 *Gala* 雜誌

保羅・科爾賀的《我坐在琵卓河畔，哭泣。》再次展現大師文采。他的書桌上想必有一群天使陪他寫作。

——挪威 *Romerikes Blad* 報

保羅・科爾賀的小說可以當成愛情故事欣賞，也可以當作人類內在二元論的寓言。作品的核心思想是一種觀念，除了智能之外，還有現在的我們所服從的一種力量。我讀這本書的後記，幾次都得停下來擦淚，想必是塵土迷濛了眼……

——芬蘭 MINÄ OLEN 網站

《我坐在琵卓河畔，哭泣。》不凡的寓意，也許會讓讀者感到意外，但就像《牧羊少年奇幻之旅》，蘊含許多人生的道理，個中的精妙也讓我們如痴如醉。科爾賀知道他有點像個魔術師，看完這本書的讀者，也能再次感受到難以解釋的愉悅。

——法國 *Affiches Parisiennes* 週報

保羅．科爾賀的經典小說《我坐在琵卓河畔，哭泣。》的主軸，是重新思考女性的定位、知道其他力量的存在，以及自我救贖。人生伴侶、童貞聖母、狩獵月神、豐收女神，是每一個人具備的女性特質。而我們也必須重新發現這些特質，才能扮演好我們想成為，也必須成為的自己。

——蘿拉．艾斯奇弗／《巧克力情人》作者

保羅．科爾賀，假如我現在二十歲，我會帶著你的書環遊世界。

——以馬內利修女

保羅．科爾賀堅信，日常生活確有其非凡之處。

——《泰晤士報》

《我坐在琵卓河畔，哭泣。》是一則寓言，告訴我們真愛就是全然忘我。

——甘巴羅（Fabio Gambaro）／義大利 *La Settimana* 週刊

有深度的小說，滿載著每一個人的思想與夢想。

——挪威 *Oppland Arbeiderblad* 報

不可思議的好書，充滿懸疑與光明。

——奧斯卡・海傑／《曼波之王的情歌》作者

一本關於上帝奇蹟和神祕力量的抒情之作。

——《出版者週刊》

科爾賀這部關於愛與性靈的作品，一定會深深打動他忠實的書迷。

——《書單》雜誌

絕對暢銷的小說作品！

——《柯克斯書評》

哦！無原罪聖母瑪利亞，
求祢俯聽我們，為我們祈禱，阿門。

作者序

愛就是導引

一位西班牙的傳教士在某個小島上，遇上了三位阿茲特克（Aztec）的僧侶。

「你們怎麼做禱告？」這位傳教士問。

「我們只有一句禱文，」其中一位僧侶回答，「我們說：『神啊，祢是三，我們也是三。請悲憐我們吧！』」

「很美的禱詞，」傳教士說，「不過，這句話恐怕不易讓上帝注意到。我可以教你們更好的祈禱方式。」

這位傳教士於是將天主教的禱告儀式教給三位僧人，而後便離開了，繼續到各地傳播福音。幾年之後，在回到西班牙途中，他的船又停泊在這個小島上。在甲板上，神父看到那三個僧人站在岸邊，於是揮手向他們打招呼。

就在那時，那三個人也開始涉水走向他。

「神父！神父！」接近船身時，其中一人喊道：「再教一次那個可以讓神聽到的祈禱法子吧，我們已經忘了該怎麼做了。」

「那不重要。」在看到這個奇蹟時，傳教士回答說。同時他很快地請求上帝的寬恕，因為之前他竟不能體會到，上帝能說各種語言。

這個故事的寓意，正是本書所想表達的。我們極少明白，自己正置身於某個不尋常的時刻之中。奇蹟就在我們身旁出現，上帝的指引隨處都在，天使總在懇請我們聆聽祂的話語。然而，我們卻以為，只有透過某些特定的法或儀式，才能找到上帝，以致於完全不能察覺神是無所不在的。我們並不知道，只要我們敞開心扉，上帝就會走入其中。

傳統的宗教儀式自有其重要之處：讓我們得以與其他人共同分享讚美與祈禱的性靈經驗。然而，我們卻不該遺忘，至高的性靈經驗，無非是得自愛的實踐。當心中有愛，儀式與法則便不是絕對的重要。有些人或許會想掌控自己的情感，發展出某些行為準則；也有些人或許會藉由閱讀人際關係專家的書，來尋求解答，然而，這些都是不智的。傾聽自己心底的聲音吧，你的心才是主宰，它明白什麼是真正重要的事。

我們全都有過這樣的經驗。在某些時候，我們會流淚歎惋：「我正為著一份不值得的愛而受苦。」我們感到愁苦，是因為自以為，付出的遠比得到的要多；我們感到愁苦，是因為我們的愛逐漸不為對方察覺；我們感到愁苦，是因為我們無法將自己的想法強加於人。

然而，其實我們並沒有什麼理由要感到愁苦的，因為只要去愛，我們心中就已埋藏了一顆成長的種子；我們愛得愈多，就愈接近性靈經驗。那些真正去愛，靈魂因愛而綻放出光熱的人，才能夠克服一切的限制及成見，能夠開懷歌唱、歡笑、讚美；也只有他們才能婆娑起舞，經歷使徒保羅所說的「聖潔的瘋狂」經驗。他們體驗了極致的喜悅，因為有愛的人能夠克服一切，一點也不害怕失去什麼；真愛是一種完全的放下，完全的順服。

這本書所談的，正是這種「放下」的重要。派拉和她的男友是虛構人物，不過，他們卻代表了我們每個人在尋找真愛的過程中，經歷種種衝突與折磨的寫照。終究，我們得克服心中的恐懼，因為只有經由每日的愛的實踐，才能真正走入精神的最高境界。

聖哲牟敦（Thomas Merton）曾說，性靈生活的本質就是愛。做慈善事業或是保護別人，並不一定就是愛，如果我們僅僅是那麼做，把人當做簡單的物品，自認為慷慨或明智，其實一點也算不上是愛。愛是能夠與另一個人心靈相通，透過那一個人，找到神的光輝。

但願派拉在琵卓河畔的詠歎，能夠引領我們走向這種天人合一的境界。

但智慧之子都以智慧為是。

——路加福音第七章第三十五節

©Niels Ackermann

By the River Piedra I Sat Down and Wept

Love is the guide.

Paulo Coelho

我坐在琵卓河畔，哭泣。傳說，所有掉進這條河的東西，不管是落葉、蟲屍或鳥羽，都化成了石頭，累積成河床。假若我能將我的心撕成碎片，投入湍急的流水之中，那麼，我的痛苦與渴望就能了結，而我，終能將一切遺忘。

我坐在琵卓河畔，哭泣。冬天的空氣讓頰上的淚變得冷冽，冷冷的淚又滴進了眼前那奔流著的冷冷的河裡。在某些我看不見，也感知不到的地方，它將匯入另一條河，然後，再匯入另一條河，直至流到大海。

且讓我的淚流到那麼遠吧，這樣，我的愛人將永遠不會知道，曾有那麼一天，我為他而哭；且讓我的淚流到那麼遠吧，這樣，或許我就能遺忘了琵卓河、修道院、庇里牛斯山的教堂、那些迷霧，以及我倆曾一起走過的小徑。

我終將遺忘夢境中的那些路徑、山巒與田野，遺忘那些永遠不能實現的夢。

我還記得我的「神奇時刻」，在那樣的瞬間，一個「是」或一個「否」，就能永遠地改變人的一生。只是，現在它似乎離我那樣遙遠，多難相信就在上個星期，我曾尋回我的愛人，而後，又失去了他。

在琵卓河畔，我寫著自己的故事，我的手凍僵了，腿也麻了，沒有一分鐘不想停下筆來。

「想辦法活下去。只有老人才不斷回憶往事。」他說。

或許是愛讓我們早早變老，或是變得年輕，如果，青春曾在我們身上停駐。

然而，叫我如何不去回想那些時刻？而這也是我提筆之因——試著想將悲傷轉成期待，將孤獨化為回憶，這樣，當訴說完自己的故事之後，我就能將它沉入琵卓河底，這是那位給我庇護之所的女人教我的法子。正如某位聖者曾說的，只有那時，河水會將筆下的火花湮滅。

所有愛的故事都是一樣的。

小時，我倆一起長大。而後，他離開了這個小鎮，一如其他年輕人一樣。他說，他想對世界有更多的了解，他的夢想得在索利亞小鎮之外的遠方，才能實現。

幾年過去，幾乎沒有他的消息。偶爾會接到他的來信，不過，他從未曾再回到小時我們一起走過的小徑及森林。

讀完高中，我搬到札拉哥沙，在那兒，我明白他的抉擇是對的。索利亞真是個小鎮，正如該鎮唯一知名的詩人所說的，路，就是要讓人走到外頭的世界去的。我進了一所大學，還交了一個男朋友。為了爭取一份獎學金，我開始認真讀起書來（為了付學費，我曾去做推銷員）；不過，我仍然沒法獲得那份獎學金，在這之後，就和男友分手了。

而後，從我童年好友那兒寄來的信開始多了起來，只是信封上不同國家的郵票，讓我好生嫉妒。看來，他什麼都懂；翅膀長成了，現在，他可以漫遊世界各地；不過，此時的我，卻只想找到安身立命之處。

他從法國某處持續寄來的信裡，提到了上帝。在其中的一封信，他寫到想進神學院，終身擔任神職工作。我回信給他，要他晚點再做決定，在獻身這麼嚴肅的工作之前，不妨以自由之身多經歷一點事情。

不過，重讀自己所寫的信後，我卻把信撕了。我懂什麼呢？竟然敢和他談及「自由」或「獻身」？和他相比，我對這些事可說一竅不通。

有一天，我發覺他開始對我傳教，這讓我頗感驚訝，我總以為他還太年輕，無法啟迪別人的。之後，他來信說，他將在馬德里對一個團體佈道，要我屆時去聽聽。

於是，我花了四小時從札拉哥沙前往馬德里。我想再見到他，想再聽聽他的聲音；我想和他坐在咖啡館裡，回憶那些逝去的時光——那時的我們總認為，世界太過遼闊，沒有人能真正了解它。

一九九三年十二月四日

星期六

1993.12.4

佈道會場的布置比我想像的要來得正式；會場裡的人數也比我預期的多。這是怎麼回事？

他一定很有名，我想。信裡，他卻對此隻字未提；我想走向前去，問問那些聽眾，為什麼他們會來這兒，不過，我卻不敢這麼做。

當他走進會場時，我更是大感驚訝。他和當年我所熟識的男孩大大不同——不過，畢竟那已是十二年前了；人總是要變的。今晚，他的雙眼閃爍著光芒，看起來好極了。

「他將要把我們所失落的，重新找回來。」鄰座的一個女人說。

聽起來真是抽象難懂。

「他要幫我們找回什麼？」我問。

「被偷走的東西。宗教。」

「不，不，他並不是要還給我們什麼，」坐在我右邊的一個年輕些的女人說，「他們無法將一直屬於我們的東西還給我們。」

「好吧，那麼，妳在這兒幹什麼？」第一個女人反問，顯然是被激怒了。

「我想聽他佈道，想知道他們怎麼想。以前，他們曾將我們處以火刑；現在，他們可能會故技重施。」

「他只是一種聲音，」那個女人說，「他只是在做他能做的事。」

年輕的女人嘲諷地笑著轉過身去，中斷了談話。

「他很勇敢，願意獻身就讀神學院。」另一個女人繼續說道，雙眼看著我，想尋求支持。

對這事我一點也不懂，因而不發一言；那個女人最後只有放棄。在我右邊的女孩對我眨了一下眼，好像我是她的同志。

不過，我的沉默另有其因。我在想的是「神學院學生」？不可能！他應該早告訴我的！

在他佈道的過程裡，我無法集中心思。我相信，他已從羣眾中認出了我，而我則推測著他對我會怎麼想。我看起來怎麼樣呢？二十九歲的女人和十七歲的女孩，看起來會有多大的差別？

我注意到，他的聲音並未改變，然而，話語的內容當然大有不同了。

你必須冒險，他說。只有當料想不到的事真的發生了，我們才會完全明瞭「生命的奇蹟」。

每一天，上帝都賜予我們陽光，讓我們在某個時刻，有能力改變所有不快樂的處境；然而，每一天，我們卻假裝並未受到上帝的照撫，認為神奇的時刻並不存在，認為今天和昨天是一樣的，而明天也不會和今天有任何不同。不過，如果人們重新審視自己的生命，就會發現那個神奇的時刻。它常常出現於某些最平凡的瞬間，例如在我們將鑰匙插入門上鎖洞中的那一刻；它可能悄悄隱藏於我們的午餐時分，或是一千零一件看來似乎一成不變的生活瑣事中；不過，那樣的時刻是存在的——在那個瞬間，所有星座的力量降臨在我們身上，使我們有能力讓奇蹟出現。

喜樂有時是一種福分，但通常它得自於奮戰。神奇時刻協助我們有所改變，讓我們去追求夢想。是的，初始時，我們必會感到痛苦，遭遇許多艱難，更會經歷不少失望——但這都只是過渡，不會烙下永久的傷痕；其後，我們必會自信而驕傲地，回顧我們所走過的旅程。

可歎的是，總有人是不願冒險一試的。或許此人永遠不會感到失望或幻滅；或許她永遠不會經歷那些有夢的人所遭逢的痛苦；不過，當她回顧往昔時——每個人都會在某個時刻回顧今生——她將聽到來自心底的聲音：「當神賜予的神奇時刻來臨時，你做了什麼？你是否善用了上帝賦與你的才分？由於害怕失去這些天賦，你竟將自己的一生埋藏於洞穴之中。這是你的宿命：你必定枉走了人生。」

可歎的是，這些人必定得了解：當他們真的能夠信仰奇蹟時，生命中的神奇時刻卻已與他們擦身而過。

佈道結束後，聽眾簇擁著他。我在一旁等待，心裡七上八下，在這麼多年不見之後，他第一眼看到我時，不知會怎麼想。我覺得自己像個孩子，充滿不安，因為毫不認識他的新朋友而心情緊繃，更因為他更關注其他人而感到妒嫉。

當他終於走向我時，他的臉紅了。突然間，他不再是那個傳布生命真諦的人，而又變回了那個與我一起躲在聖薩杜瑞歐靜修院的男孩，正對我訴說著他要環遊世界的夢想（那時，我們的父母卻以為我們掉進河裡淹死了，還向警方求援呢）。

「派拉。」他說。

我吻了他的頰。原本，我可以找些話來說，例如，稱許他佈道成功；告訴他，我對周遭有這麼多人感到煩倦；或者，語帶幽默地談論小時候的事；也可以讓他知道，看到他受到這麼多人的崇敬，我多麼為他感到驕傲。

甚或，我還可以告訴他，我得去趕最後一班回札拉哥沙的公車。

「原本我可以……。」這句話的含意是什麼？在我們生命裡的每一刻，都有某些原本應該發生卻並未發生的事。神奇時刻總在不為人覺察時到來，而後，突然間，命運之手改變了一切。

那時，我的情形正是如此。儘管我可以說或做任何事，當時我卻只問了一句話，就是這句話讓我在一個星期之後，來到這河邊；也就是這句話，讓我開始寫下這一切的經歷。

「我們可以一塊喝杯咖啡嗎？」我說。

而他，轉向我，接受了這個宿命的提議。

「我真的得和妳談談。明天我在畢爾包有個演講。我有一輛車，跟我來。」

「我得回札拉哥沙。」我回答，當時卻未意識到，這是我逃脫宿命的最後機會。

而後，我對自己接下來的舉措大感驚訝——或許因為見到了他，我又回到童年……；或許因為我們的命運並非操之在自己手裡。我接下來的話是：「不過，畢爾包有個聖母無玷始胎日的慶祝活動，我可以跟你去那兒，然後再回札拉哥沙。」

就在那時，我正想問他關於他要讀神學院的事，話才在舌間，他似乎便讀出了我臉上的表情，很快地問我：「妳有事要問我嗎？」

「是啊，在你開講之前，有個女人說，你要將原本屬於她的東西找回來。她指的是什麼？」

「噢，那沒什麼。」

「不過，這對我很重要。我對你的生活一無所知；我甚至對有這麼多聽眾感到十分詫異。」

他只是笑一笑，而後準備轉身回答別人的問題。

「等等，」我抓著他的手臂說，「你還沒回答我。」

「我想妳不會對此有興趣的，派拉。」

「我就是想知道。」

他深深吸了一口氣，領我到會議廳的角落。「所有偉大的宗教——包括猶太教，天主教和伊斯蘭教，都是以男性為中心的。男人負責教義、訂定律法，通常，傳教士都是男性。」

「這是那個女人所指的嗎？」

他遲疑了一會兒，才回答：「是的。對此我有著另外的觀點：我相信上帝也有女性的一面。」

我歎了口氣，心裡感到紓解。那個女人是錯的，他不能成為神學院的學生；因為神學院的學生是不能有這樣不同的想法的。

「你解釋得真好。」我說。

有個女孩對我眨了眨眼，站在門邊等著我。

「我知道，我們屬於同一種人，」她說，「我叫布萊達。」

「我不知道妳在說什麼。」

「妳當然知道。」她笑著說。

她拉起我的手，在我來不及開口之前，領我離開了那幢房子。那是個冷冷的夜，一直到第二天清早，正要前往畢爾包前，我才確定自己在做什麼。

「我們要去哪兒？」我問。

「到女神的雕像那兒去。」

「不過，我得找間便宜旅館，待過這一晚。」

「等會兒我會替妳找一間的。」

我想找間暖和的咖啡館，和她聊聊，好多了解他一些。不過，又不想和她多所爭辯；而她則領我到卡斯帖拉納街，環顧了一下馬德里，我已有好些年沒來這兒了。

在路中央，她停了下來，指著天空說：「她在那兒。」

明亮的月光正從路兩旁光禿禿的樹梢間流瀉。

「真是太美了！」我讚歎著。

不過，她卻沒在聽我說話。她張開手臂，形成一個十字，雙掌朝上，站在那兒凝視著月亮。

我究竟怎麼回事？我想著。大老遠跑來參加一個佈道會，現在卻和這個瘋女孩站在這兒吹風。而明天竟然要去畢爾包。

「噢，大地女神的鏡子，」布萊達閉著雙眼說道，「給我們力量，讓人們能了解我們。以天國的興起、興盛、衰落與重生，祢教我們明白，種子與果實的循環真理。」

在夜空下，她張開雙臂，靜立不動了好一會兒。許多路人看著她大笑，但她卻毫不在意；站在她的身邊，我覺得自己羞愧欲死。

「我必須這麼做，」在讚頌月亮好一陣子之後，她說，「這樣，女神將會庇佑我們。」

「妳在說什麼？」

「我說的和妳朋友說的是一樣的，我們只是傳達真理罷了。」

現在，我真遺憾，方才沒有多花心思理解他的佈道內容。

「我們知道，上帝有祂女性的一面，」布萊達在我們往回走時，說道，「我們，身為女性，了解且深愛聖母。這個充滿智慧的體認，卻讓我們遭到宗教的迫害，甚至被處以火刑。但畢竟我們熬過來了。而今，我們更了解她的神奧。」

被處以火刑？她在談什麼巫術啊！

我更貼近地看著身旁這個女人。她挺美的，長髮散落及腰。

「當男人外出狩獵時，女人卻留在洞穴裡，猶如在聖母的子宮裡，照顧著孩子。這正是偉大的聖母所教給我們的。

「男人藉由行動而活著，而我們卻仍緊靠著聖母的子宮，明白種子是如何長成樹苗的，並且把這樣的體認告訴男人。我們做成了第一塊麵包，以此餵養我們的家人；我們製成了第一個杯子，藉此，我們得以喝水。我們更明白造物的循環，因為我們體內重複著月亮的韻律。」

她突然停了下來。「她在那兒！」

我看了看。在廣場中心，四面車水馬龍的圓環上，有座噴泉，噴泉的設計頗特別，獅子拉著車，其中坐著一個女人。

「這是西伯里廣場。」我說，炫耀自己對馬德里頗有認識；之前，我在無數明信片上看過這座噴泉。

不過，這個年輕女子並沒聽進我的話。她站在大街中心，打算穿過車陣。「來啊！我們到那兒去！」站在車堆裡，她揮手朝我喊道。

我決定跟著她，只希望這樣能讓我找著一間旅館就好。她的瘋狂讓我感到疲累；我需要睡個好覺。

我們幾乎同時到達那個噴泉；我的心怦怦地跳，但她的嘴角卻漾著甜美的笑。

「水！」她喊道，「水正是她存在的宣告。」

「拜託，告訴我一間便宜旅館的店名吧！」

她將手伸進水中。「妳也來這麼做，」她對我說，「感受一下這水吧！」

「不要，但我不想打擾妳的感受。我要去找旅館了！」

「再等一會！」

布萊達從背包裡取出一只笛子，吹了起來。令我訝異的是，笛聲竟有催眠的效果，車陣的嘈雜聲褪去了，騷亂的心平靜下來。我於是坐到噴泉邊上，傾聽著水與笛的合鳴，凝視著高掛在夜空的圓月。不知怎的，儘管我並不十分明瞭，我感覺月亮似乎反照出了我的女性特質。

我不知道她吹了多久的笛子。之後，她停了下來，轉向噴泉，說：「西伯里，聖母的彰顯，聖母轄管了農莊的豐收，維繫了城市的文明，並將僧尼的角色交還女性……」

「妳是誰？」我問，「為什麼要我跟妳到這兒來？」

她轉身向我。「我是妳眼中所認定的人。我是大地宗教的一部分。」

「妳到底要我怎麼樣？」

「我能看穿妳的眼，我能讀透妳的心。妳就要墜入情網了。並且，將忍受因愛而生的苦楚。」

「我？」

「妳知道我在說什麼。我瞥見他看妳的眼神，他愛妳。」

這女人真是鬼扯！

「那是我之所以要妳來的原因；因為他是很重要的。儘管他說的東西有些聽來愚蠢，但是至少他能辨識聖母的存在。別讓他迷失了路徑，幫幫他！」

「妳根本不知道自己在說什麼。妳只是胡扯些夢話罷了！」我轉過身，快步走入車陣裡，發誓一定要將她說的話統統忘掉。

一九九三年十二月五日

星期日

1993.12.5

我們停下車，打算找杯咖啡喝。

「是的，生活教給我們很多事。」我試著繼續和他說點什麼。

「它讓我懂得人可以學習，人是可以改變的。」他回答說。「儘管有時一切看來那麼不可能。」

明顯地，他想結束這個話題。在抵達這間路邊咖啡館前，我們已開了兩個小時的車，其間卻難得談上幾句話。

一開始，我試著回憶小時我倆的冒險行徑，不過，他只是禮貌性的回應這個話題。事實上，他根本沒有好好聽我說，只是不斷問些我已告訴過他的事。

事情有點不太對勁。如果時空將他從我的世界中永遠地帶走，會怎麼樣？畢竟，他老是在說著什麼「神奇時刻」，我尋思著。為什麼要去管一個老朋友的終身事業？他活在另一個宇宙裡，對他而言，索利亞只是一個遙遠的回憶，一個凍結在時間裡的小城，在那兒，兒時玩伴仍然只是小孩模樣，老鄰居仍活著，經年累月做著一樣的事情。

我開始後悔跟他走這一遭。所以，當他又轉移話題，我決定不再堅持要繼續談下去。

到畢爾包之前的兩小時車程，真是種折磨。他只盯著路，而我則看著窗外，兩人都沒法掩飾在我們之間醞釀出的壞情緒。租來的車內偏偏連收音機也沒有，所以，我們能做的只是忍受難堪的靜默。

「咱們問問巴士站在哪裡吧，」當車子轉下高速公路，我便提議說，「從這兒應該有固定車班到札拉哥沙。」那時正是午睡時間，街上沒什麼人。我們碰到一位男士，而後又碰到幾個青少年，不過，他卻沒停下車來，向他們探問車站在哪兒。

「你知道巴士站的位置嗎？」過了一會兒，我忍不住說。

「什麼在哪裡？」

他根本沒把我的話聽進去。

忽然間，我明白我們之間的靜默是怎麼回事。對於一個沒見過世界之大的女人，他能談什麼？他怎麼可能有興趣花時間和一個對未來充滿恐懼、只想找份安穩工作，以及平凡婚姻的女人在一起？可悲的我，我所能談的，不過是童年的老朋友，和那個小村的陳年舊事。

當我們似乎到達市中心時，我說：「你讓我在這裡下車好了。」我試著讓聲音聽來平常，不過，心裡感到自己真是愚蠢、幼稚，深深為此而惱怒著。

他並沒有停車。

「我得去搭巴士回札拉哥沙。」我堅持說。

「我從沒來過這裡，」他回答，「我不知我的飯店在哪裡，也不知道演講地點在哪裡，當然，更不知道巴士站在哪裡。」

「別擔心，我自己會找到的。」

他減緩了車速，但沒停下來。

「我真的想……」他開始想說點什麼。他又再試了一次，不過仍然無法完整說出他的想法。

我能想像他要說的話，謝謝我陪他這一段，替他問候老朋友，或許這樣可以打破我倆之間的緊張局面。

「我真希望今晚的演講，妳能陪我一起去。」他終於說。

我心裡一驚。他是不是拿時間當幌子，以補償我們這一路上難堪的靜默？

「我真的希望妳能和我一起去。」他又說了一次。

而今，或許我是個沒經歷過什麼大事的農家女孩；或許我沒有都會女子的世故；在鄉下成長或許無法讓一個女人變得優雅或深明世事，不過，她仍然學得會如何傾聽心底的聲音，相信自己的直覺。

出乎我意料的是，我的直覺告訴我，他的話是認真的。

我歎了一口氣，心裡感到解脫。我當然不想去聽任何的演講，但至少，這個朋友似乎又回來了。他甚至還要我陪他繼續一塊旅行，要我分享他的恐懼和驕傲。

「謝謝你的邀請，」我說，「不過，我沒有錢住旅館，而且我還必須回學校上課去。」

「我有一點錢，妳可以與我同住一間房，我們可以向旅館多要一張床。」

我發覺他開始冒起汗來，儘管空氣那樣冷冽。我的心響起了警戒，之前那一瞬間的喜悅轉眼變成一種迷亂。

突然間，他停下了車，目光直視著我的眼。

當一個人直視著另一個人的眼時，他無法說謊，無法掩藏任何事。而任何一個最不敏感的女人，也能讀出一個深陷情網的男人的眼眸。

我立即回想起，在噴泉旁邊那個奇異的年輕女子的話。這不可能——但似乎是真的。

我從來不曾夢想過，在這麼多年之後，他仍然記得往日的情感。小時候，我們總是手牽手走過田野、走過大地。當時我很愛他——即使只是個孩子，也能懂得愛是什麼。不過，那是那麼多年之前的事——那是另一段人生，那時的純真無邪讓我可以打開心門，迎接一切的美好。

而今，我們卻是得對一切負責的成人了。我們早已拋開那些稚幼的事。

我凝視著他的眼。我並不想，或者，不能夠，相信我所看到的。

「我只剩這一場演講了，之後，無玷始胎日的假期就開始了。我得到山裡去，我想讓妳看一些事。」

這個侃侃而談「神奇時刻」的男人，現在就在我身旁，舉止顯得再笨拙不過了。他的行動太快了，以致不太能掌握得住自己；他所提出的事也顯得混亂而無條理。看他這個樣子，我真感到一種痛。

我打開車門，走了出去，倚著擋泥板，望著荒涼如沙漠般的街道。我燃起了一枝菸。我可以試著藏起自己的想法，假裝不懂他的話；我可以強迫自己相信，這只是童年老友的一個提議罷了。或許只是因為旅途勞頓，使他的心緒變得混亂起來。

或許我想太多了。

他從車裡跳了出來，走到我身邊。

「我真的希望今晚妳能陪我去演講，」他又說了一次，「不過，如果妳不能，我也可以理解的。」

就是這樣！世界轉了整整一周，一切回到原點。情況並不是我剛才所想的那樣：他不堅持了，他打算讓我走——一個陷入情網的男人不會這麼做的。

我覺得自己真是愚蠢，但同時也鬆了口氣。是的，我可以至少再待一天，我們可以一起吃頓晚飯，然後小醉一下，做點小時候我們不曾一起做的事。這讓我有機會忘掉剛才那些痴呆的念頭，這也能夠化解從離開馬德里後，這一路上在我們之間凝起的冰。

只是多待一天而已，這不會怎麼樣的。之後，至少我多了一個可以告訴其他朋友的故事。

「分開的兩張床噢，」我說，開玩笑般的，「還有，晚餐你請客，因為我只是個學生啊，我破產了！」

我們將行李擱在旅館房間後，就出門找尋演講場地在哪裡。不過，由於時間還早，我們找了間咖啡館，打發時間。

「我想給妳一件東西。」他說，遞給我一個紅色的小囊。

我打開了。裡頭是一個老舊，甚至生了鏽的紀念章，一面寫著「我們的恩寵之母」，另一面則是「耶穌聖心」。

「這是妳的。」他說，同時覺察出我的訝異。我的心又響起了警鈴。「有一天，那是在秋天，就像現在一樣，我們那時大概才十歲吧。我和妳一起坐在一個廣場上，那兒有棵好大的橡樹。

「我想告訴妳一句話。這句話我已在心底反覆練習了好幾星期。不過，當我正要開始說時，妳告訴我，妳的紀念章掉在聖薩杜瑞歐靜修院了，然後，問我能不能替妳把它找回來。」

我記起來了！噢，老天，我記起來了！

「我真的找到了。不過，當我再回到那個廣場時，我卻不再有勇氣，對妳說出那個在心底練習了無數次的句子。於是，我向自己承諾，當我真的能夠將那個句子說出時，我就會把這個紀念章還給妳；至今，幾乎就要二十年了。有好長一段時間，我想要忘了這件事，不過，它卻一直在那兒。我不能再扛著這個心頭的祕密過日子了。」

他放下了他的咖啡，燃起一根菸，盯著天花板好一陣子。而後，他轉向我。

「這是一個非常簡單的句子，」他說，「我愛妳。」

他說，有時，一種無法遏抑的傷感會攫住我們。我們發覺那一日的神奇時刻已經過去，而我們卻一事無成。生活開始將其神妙之處封藏起來。

我們必須傾聽自己兒時的聲音，那個純真的孩子仍住在我們心底。那個孩子明白神奇時刻是什麼；我們能夠壓抑它的叫喊，卻無法讓它消弭無聲。

兒時的那個自己仍在那兒。兒童總是有福的，因為他們的世界就是天堂。

如果我們並未重生——如果我們不能學會以兒時的純真與熱情看待生命，那麼活著並沒有什麼意義。

有很多方法可以自殺。而那些扼殺自己肉體的人，違反了神的律法；那些想要弒扼自己靈魂的人，同樣違反了神的律法，儘管他們的罪行對別人而言並不明顯。

對於我們心底那個孩子所說的話，我們必須注意傾聽；我們不應為那個孩子的存在而感到羞赧；我們必定不要嚇著那個孩子，因為他孤自一人，他會從此噤聲不語。

我們必須讓那個孩子主導生命，只有他知道，每一天都是不同於往日的。

我們必須讓他再度感到被愛，我們必須取悅這個孩子，儘管這意味著，我們得以不慣常用的，或是別人看來蠢笨的方式來待人接物。

記住，在上帝的眼中，人類的智慧是一種狂妄；不過，如果我們能夠聆聽靈魂深處那個孩子的聲音，我們的眼睛將會變得雪亮；如果我們並未和那個孩子失去聯繫，我們就不會與生命失去聯繫。

在我周遭，一切事物的顏色變得鮮明起來；我覺得自己講起話來更為熱烈；當我將水杯放在桌上時，發出的聲響聽起來竟是那樣大聲；我的神經忽然變得特別敏銳起來。

講演完之後，我們一羣十個人一塊去吃晚餐。每個人似乎都同時在講話，而我只是微笑著，因為這個晚上是這樣特別的：這麼多年來，這是第一個不在我計畫中的夜晚。

這是怎樣的一種喜悅！

在我決定到馬德里去時，我對自己的行動及情感，都還掌控裕如；而今，突然間，一切都改變了。現在我置身於一個未曾來過的城市，儘管它離我的出生地只有三個小時車程。我坐在這張餐桌旁，同桌的人裡，其實我只認識一個人，然而，其他的人卻像多年老友般地與我交談。更令我訝異的是，我竟能不時加入他們的對話，愉快地喝著飲料，融入其中，怡然自得。

我在這兒，是因為，突然間，生活讓我明白什麼是生活。沒有罪惡，沒有恐懼，沒有局促不安。當我聆聽他的講詞時，我感到自己與他更為接近，也更加相信他是對的：的確有一些時刻，你得甘願冒險，去做一些瘋狂的事。

我日復一日努力向學，只是為了讓自己成為工作的奴隸？我揣想著。為什麼我要去做那份工作呢？它可以讓我真正成為一個人，成為一個女人嗎？

一點也不！我可不是生來就為了要坐在辦公桌前，僅為那些法官處理訴訟案件的。

不，我不能這樣思索我的生活。這星期我就得回去。一定是因為喝了酒的關係，畢竟，說了這麼多，想了那麼多，有什麼用？如果不工作，就沒飯可吃。這一切不過只是幻夢罷了，一切就要結束了。

不過，我能讓夢想繼續多久呢？

頭一回，我開始思考往後幾天要和他到山裡去的事。畢竟，一星期的長假就要開始了。

「妳是誰？」同桌的女人問我。

「我是他的童年好友。」我回答。

「他小時候就能做這些事嗎？」

「什麼事啊？」

同桌人的談話似乎漸漸緩了下來，終至停頓。

「妳知道，那些奇蹟。」

「他總是說些有道理的話。」我不明白她指的是什麼，就隨口這麼回答。

每個人都笑了起來，包括他在內。我不知道這是怎麼回事。不過，或許都是酒精作祟吧！我感到紓解，頭一回想讓自己完全放鬆下來。

我環視四周，說些轉眼就忘得乾淨的話題，心裡想的卻是即將到來的長假。能在這兒真好。見到新的人，談著些嚴肅卻又不失幽默的話，我覺得，自己真的成為這世界的一分子，至少，在這個夜晚，我不再是從報紙或電視看到真實的世界；當我回到札拉哥沙時，我有許多故事可說；而如果我接受他的邀請，與他共度這個假期，那麼，我將有無數的回憶，陪我度過一整年。

他對我說的那些關於索利亞小鎮的話題毫無反應，顯然是對的，我告訴自己。於是我開始自憐起來，因為這麼多年來，我的記憶之屜裡，滿滿裝的全都是一成不變的往事。

「再來點酒吧！」一個滿頭白髮的男士為我斟了酒。

我將之一飲而盡。我繼續想著，如果我沒和他一塊兒來，那麼，未來我可以告訴子孫的事將少得可憐。

「我正在盤算我們到法國旅行的事。」他輕聲對我說，因而只有我聽得見。

酒精讓我輕易將心頭的話溜了出來：「只要你了解一件事。」

「什麼事？」

「在你演講前對我說的話；在咖啡館時說的。」

「那個徽章？」

「不，」我說，我深深望入他的眼，竭力讓自己顯得清醒：「你說的那句話。」

「我們待會兒再談。」他說，很快想改變這個話題。

他曾說他愛我。我們還沒有時間討論這事。不過，我知道，我一定能讓他相信，那不是真的。

「如果你要我和你一起去旅行，你得聽我說。」我說。

「我不想在這兒和妳談這個。我們正玩得高興呢！」

「你年紀很輕的時候就離開了索利亞，」我繼續說，「我只是你與你的過往之間的橋罷了，我讓你回想起自己的根，這讓你錯認為是一種愛。不過，事情的本質只是如此而已，這裡頭並沒有真正的愛。」

他聆聽著我的話，並不回答。有人正巧向他探詢對某件事的看法，我們的談話於是被打斷了。

至少，我已陳述了我的感覺，我想，他所說的「愛」，只存在於童話故事裡。在真實生活裡，愛必須是可能實現的；即使並沒有立即回應，不過，當你認為自己有希望贏得你所愛的人時，愛才可能存活。

其他的，不過都是幻想罷了。

從桌子的另一邊，他彷彿猜到我在想什麼，於是舉起酒杯，一飲而盡，「為愛乾杯吧！」他說。

我能猜得出他也微帶著醉意，於是我順水推舟地說：「為那些知道愛與兒時遊戲相去不遠的聰明人，乾杯！」

「聰明的人之所以聰明，是因為他們真正去愛。而愚蠢的人之所以愚蠢，是因為他們以為，他們了解愛是什麼。」他回答。

同桌其他人聽了他的話，一時間，大家熱烈討論起「愛」這個命題。每個人都有強烈的意見，而且全力維護自己的論點；於是，又得喝上更多酒，來擺平這個熱烈的論辯。最後，有人說，時間不早了，餐館老闆要打烊了。

「我們有五天假呢，」另一桌有人喊道，「如果老闆想關門，一定是因為你們談得太認真了！」

每個人都笑了出來，除了我。

「那麼，我們可以在哪裡談這些嚴肅的事呢？」另一桌人問那個醉了的人。

「到教堂去！」醉了的那個人說。這一回，我們全笑了。

我的朋友站了起來。我想他似乎要找人打一場架呢，因為我們的行止完全幼稚得像青少年般，而打架無疑正是青少年的行徑。對青少年來說，打架和接吻、私密的擁抱、吵鬧的音樂，以及快速的節奏一樣，塑成了他們的形象。

不過，他並沒有這麼做，反而拉起了我的手，走向店門，「我們要走了，」他說，「時間不早了。」

畢爾包正下著雨。相愛的人有必要知道該如何迷失自己，而後再將自己找回來。他對此二者倒是應付裕如。現在他很快樂，在我們走回旅館的路上，他唱著：

發明愛情的人是瘋子。

這首歌的歌詞說得不錯，一定是那些看月亮看痴了的人發明了「愛」。酒精仍在我體內作祟，不過，我努力想讓自己神智清明。如果我想和他一塊兒旅行，就得讓自己有辦法掌控情勢才行。

但這應當不難才是，因為我並沒有太感情用事。我想，任何人能夠征服自己的心，就能征服這個世界。

藉著詩和伸縮喇叭，

獲取我的心。

藉著詩和伸縮喇叭，讓我的心投向你。我希望不必控制自己的心；如果我就此繳械投降，即使只是短短一個週末，落在我臉上的雨滴，感受起來也必將不同。如果愛是容易的，現在我必定正擁抱著他，而他所唱的歌就會是我們的故事。如果假期結束後，不必回到札拉哥沙，我願意現在就醉倒，能夠無所羈絆地親吻著他，撫愛著他，說著情人們所說的話，做著情人們所做的事。

不過，不要！我不能！我不想要。

吾愛，讓我們一起飛翔，那首歌繼續唱著。

是的，讓我們一起飛翔。不過，得接受我的條件。

他還不知道我已打算接受他的邀請了。為什麼我想要冒這個險？

因為我醉了，因為我對一成不變的日子已感到厭煩。

不過，這種厭倦感將會過去的。我開始想回札拉哥沙去，那才是我生活的地方。我的學業還等著我，我正在找尋的未來丈夫也在那兒等我——那個丈夫畢竟不是那麼難找到的。

一個容易得多的生活在那兒等著我：子孫成羣，一年可以度一次假，夠用的錢。我不知道他的恐懼是什麼，不過，至少我知道自己在害怕些什麼。*我不需要新的恐懼與不安，我自己的這一份已夠受了。*

我確信，我永遠不會和他這樣的人戀愛。我太了解他，太了解他的脆弱與恐懼。我就是無法像別人那樣崇拜他。

然而，愛就像個水壩：一旦有了縫隙，哪怕只容涓滴水流流穿它，轉瞬間，這股涓流卻會迅速讓整個水壩潰決，無人能夠阻擋大水的威力。

當那些牆倒下時，愛便接管一切，沒什麼可能或不可能存在的；甚至我們也不能確切掌握，所愛的人會站在自己這一邊。愛，就是失控。

不，不，我不能讓自己有任何一點裂隙。不管它是多麼小！

「嘿，停一下！」

他立刻停止了唱歌。在我們身後，人行道上傳來急促的腳步聲。

「我們快走吧！」他說，一邊抓起了我的手臂。

「等一下！」一個人喊道，「我有話跟你說。」

不過，他卻更快速地往前走。「這和我們不相干的，」他說，「我們回到旅館去吧！」

可是，這的確與我們有關——在這街上，並沒有別的人了。我的心快速地跳著，酒精的效力也一起消失了。我想起畢爾包位於巴斯克地區，在這兒，恐怖分子的攻擊很是平常。這個人的腳步更近了。

但是，太慢了。有個從頭到腳溼漉漉的人，走到我倆面前。

「停一下，請停一下！」這個人說，「為了上帝的愛。」

我嚇了一跳。驚惶地梭巡著四周，我想找一個逃跑的法子，希望能有奇蹟出現，能有一輛警車駛過來。我本能地挽住他的手臂，不過，卻被他推開了。

「拜託你！」那人說，「我聽說你在城裡，我需要你的協助，我兒子的事。」那人跪在人行道上，哭了起來。「求求你，」他說，「求求你！」

我的朋友大大吸了一口氣。我看著他垂下頭，闔上了眼。有好幾分鐘，一片靜寂，只聽到雨聲，和跪在地上的那個人的啜泣聲。

「派拉，回旅館去，」他終於說，「好好睡，在天亮之前，我是不會回來的。」

一九九三年十二月六日

星期一

1993.12.6

愛是一個陷阱。它一旦出現，我們只看到它的光，卻看不到它的陰影。

「看看我們身邊的大地！」他說。「讓我們躺在地上，感覺地球的心正如何在跳動著！」

「不過，我會弄髒我的外套，我只帶了這一件！」

我們開車駛過種滿橄欖樹的山丘。經過畢爾包昨天一整天的雨，今早的陽光讓我感到有種懶懶的睡意。我沒有太陽眼鏡，事實上，我原本以為自己兩天前就會回到札拉哥沙的，因此什麼也沒多帶。我得穿他借我的襯衫當睡衣，而且還在畢爾包的旅館附近買了件T恤，好將身上的髒衣服換下清洗。

「看我天天穿同樣的衣服，一定讓你很受不了。」我想藉著些瑣事開點玩笑，看看這樣是否會讓事情變得真實一點。

「我很高興妳在我身邊。」

自從把徽章給了我之後，他就不再提起「愛」這個字。不過，他的心情一直挺好的，好像又回到十八歲一般。現在，在早晨明亮的陽光下，他伴著我散步。

「你在那兒要做什麼？」我指著地平線盡頭的庇里牛斯山峰說。

「在這羣山之後，就是法國。」他微笑著回答我。

「我知道，你曉得我也上過地理課。我只是好奇，我們為什麼要到那兒去。」

他停下來，自顧自地笑了。「這樣妳就可以參觀一幢妳可能有興趣的房子。」

「如果你想當房地產掮客，那倒不必了，我沒有錢。」

對我來說，是否要去看納瓦拉的小村，抑或直奔法國，倒是無所謂。我只是不想待在札拉哥沙過節罷了。

妳知道嗎？我聽見我的理智正對著我的心說話。妳很高興自己接受了他的邀請。妳已在改變——妳只是不自知而已。

不，我可沒變。我只是讓自己放鬆了一些。

「看看地上的石頭。」

這些石頭圓渾渾的，沒有一點銳角，像是海裡來的；然而，納瓦拉離海甚遠，海水沖刷不到這兒的。

「這些石頭是被無數勞動者、朝聖者和探險客所踩平的。」他說。「這些石頭有了變化，踩過石頭的旅人也同樣改變了。」

「旅行讓你明白這些事嗎？」

「不，我是由神蹟的啟示學會這些的。」

我不懂他說的話，不過並不想追問。現在的我，正沉浸在陽光、綠野和山林的美景之中。

「我們現在要去哪裡？」我問。

「哪兒也不去。就讓我們在這兒享受早晨、陽光和鄉野之美吧！還有長長的旅程等著我們呢！」他遲疑了一下，而後問我：「妳的徽章還在吧？」

「當然在嘍，我會好好留著它。」我說著，腳步加快了些。我不想多談徽章的事，不想談可能會破壞我倆此刻的愉快和自在的事。

一個村子出現在眼前。正如許多中世紀的村鎮一般，它佇立在山峰頂端；即使從遠方眺望，我也看得到教堂的尖塔，以及一個廢棄城堡的殘骸。

「我們開車到那個村子去。」我提議。

儘管他似乎不太願意，但還是照著做了。我看到路上有個小教堂，就想停下車去看看。我已不再禱告，不過教堂的靜寂總是吸引著我。

不要有罪惡感。我告訴自己。如果是他陷入了情網，那是他的問題。他問了我徽章的事，我知道他想繼續我們之前在咖啡館裡的談話；不過，我卻害怕聽到一些我不願意聽到的事。我絕不會陷入這個情境，我不會去提這個話題。

不過，如果他真的愛我呢？如果他認為，我們可以把這份愛，提升到另一種形式呢？

笑話，我自忖著。沒有比愛更深刻的事了。在童話故事裡，公主吻了一下青蛙，青蛙就能變成王子；不過，在現實生活之中，公主吻了一下王子，王子卻變成了青蛙。

半個小時車程之後，我們到了那間小教堂，有個老人坐在台階上，他是我們這一路上碰到的第一個人。

這時已是秋末，依循往例，此時大地再度還諸上帝，讓祂降福其上，讓土地再度肥沃，使人們來年又能以汗水豐收。

「嗨！」他和那個人打了聲招呼。

「你是誰？」

「這個村子叫什麼名字？」

「聖．馬汀．狄．烏克斯。」

「烏克斯？」我說。「聽起來像個小精靈的名字。」

那個老人聽不懂我話裡的玩笑味道。微帶著些失望，我於是走向教堂的入口。

「妳不能進去，」老人警告說，「中午不開放的。如果妳要進去，可以下午四點再來。」

大門開著，我可以窺見裡頭的樣子，不過，外面陽光很大，讓我看不太清楚。

「可以進去一分鐘嗎？」我問。「我想說一句禱詞就好。」

「很抱歉，教堂已經關了。」

他聽著我和老人的對話，卻沒說什麼。

「好吧，那麼我們走吧，」我說，「沒什麼好爭的。」

他一直望著我，眼神看來空洞而遙遠。「妳不要看教堂了嗎？」

我明白他不同意我打退堂鼓。他認為我很軟弱、怯懦，沒法爭取自己想要的事物。即使不用一個吻，公主已經變成青蛙了。

「還記得昨天嗎？」我說。「你在酒吧裡中斷了我們的談話，因為你不想和我爭辯下去。現在我做的事與你並無不同，你卻不以為然。」

那個老人平靜地看著我倆的對話。他可能是愉快的，因為似乎真的有事要發生，在這兒，每個清晨、每個午後、每個夜晚，似乎都是一樣的。

「教堂的門是開的，」他對那個老人說，「如果你想要錢，我們可以給一些；她就是想看看教堂。」

「開放時間過了。」

「好。反正我們就是要進去。」他拉起我的手就走了進去。

我的心怦怦地跳。那個老人可能會很生氣，可能會找警察來，那我們的旅行就泡湯了。

「為什麼你要這麼做？」

「因為妳想看教堂啊。」

我緊張得要命，幾乎不能專心看教堂裡有什麼；我們的爭辯，以及我的心情，已經完全毀掉了這一上午的美好。

我小心翼翼地聽著教堂外的聲響。那個老人可能會找警察來，我想。硬闖教堂的壞蛋！小偷！他們違反了法規！老人已告訴我們教堂關門了，開放時間已過。他只是個可憐的老頭罷了，沒法不讓我們進去；警察可是強硬得多，因為我們欺負了這個糟老頭。

我只打算在教堂裡待一會兒，顯示自己真的想來參觀，就夠了。當時間剛巧足夠讓我問候了上帝，之後，我就說：「我們走吧！」

「別害怕！派拉。別去演別人戲碼裡的角色。」

我不想把我和老人的問題變成我和他的問題，於是試著讓自己的心情安定下來。「我不知道你說的『演戲』是什麼意思。」

「有些人總是得與人奮戰，有時甚至得和自己奮戰，耗盡了生命去戰。所以在他們腦海裡就有一齣戲，這齣戲是以挫折沮喪做為腳本的。」

「我知道很多人是這樣的。我明白你在說的是什麼。」

「不過，最糟的是，那齣戲往往並不是他們自己就能演的，」他繼續說，「所以他們就開始找人陪他們演這個戲碼。

「這就是外頭那個傢伙所做的事。他想找機會洩憤，就挑上了我們。如果我們遵循他的規則，現在必然會後悔的；我們也因此將被他打敗，並且參與了他自導的可悲人生及沮喪挫折的戲碼之中。

「那個人的企圖顯而易見，所以拒絕去演他導的戲是很容易的。不過，其他人也常『邀請』我們去演受害者的角色，例如，他們會抱怨人生的不公平，要我們同意他們的控訴，給他們建議，甚或和他們同聲一氣。」

他深深望入我的眼。「要小心。當妳參與了這樣的遊戲，總是注定要輸的。」

他是對的。不過，我仍然不喜歡待在教堂裡。「好了，我已經禱告過了，我已做了想做的事。我們走吧。」

教堂裡的幽暗和外面強烈的陽光形成了對比，好一陣子我什麼也看不見。等我的眼睛適應得好些了，發現那個老人已不見了。

「我們去吃午餐吧！」他一邊說，一邊朝著村子走去。

午餐的時候，我喝了兩杯酒。這可是我這輩子第一次這麼做。

他正在和侍者講話，侍者說此地有一些羅馬時代的遺址。我想聽聽他們在談什麼，不過，卻依然無法消滅自己的壞心情。

公主變成了青蛙。又怎麼樣？我得向誰證明什麼嗎？我並沒有在找尋什麼——沒有在找尋一個男人，當然更沒有在找尋愛情。

我知道。我告訴自己。我知道他正要顛覆我原有的世界；我的腦袋警告著我，不過，我的心卻聽不進去。

我所獲得的並不多，但付出的代價卻已不少。我費力迫使自己捨棄許多自己想要的事，阻絕許多向我開敞的路徑。為了所謂的更大的夢想——一個平靜的靈魂，我犧牲了無數的夢想。我並不想放棄心中的平靜。

「妳很緊張。」他說。他和侍者的談話中斷了。

「是的，我在想，那個老頭大概會去找警察；我在想，這是個小地方，他們很容易就能找到我們；我在想，你要在這兒吃午飯真是太過大膽了，這會破壞我們的假期的。」

他搖晃著杯裡的水。他當然知道問題並非如此，而是在於我真的為剛才的事感到羞愧。

為什麼我們總是這麼做？為什麼我們只注意眼前的瑕疵，而不去看看山巒、田野或橄欖樹叢？

「聽著，這些都不會發生的，」他說，「那個老人已經回家了，也早忘了這件事。相信我！」

這不是我神經緊張的原因。笨啊，你！

「多聽聽妳心裡的聲音。」他繼續說。

「這就是了！我正在聽啊！」我說。「我覺得我們應該離開的，在這兒我一點也不覺得愉快。」

「妳不該在白天喝酒的，這對妳沒什麼好處。」

就這點來說，我已經很節制了。現在我該把心裡想的說出來了。

「你認為你什麼都懂，」我說，「你知道什麼神奇時刻、內在的孩童……，可是我不知道你和我在這兒要做什麼。」

他笑了笑：「我欣賞妳，也佩服妳正和自己的心交戰著。」

「交什麼戰？」

「別在意。」他說。

但我知道他說的是什麼。

「別開玩笑了，」我說，「如果你願意，我們可以談談這事。你誤解了我的感情了。」

他不再玩杯裡的水，而只看著我。

「不，我沒弄錯。我知道妳並不愛我。」

這讓我更不懂了。

「不過，我正在爭取妳的愛，」他繼續說著，「生命裡，有些東西是值得爭取到底的。」

我靜默不語。

「妳值得我這麼做的。」他說。

我轉過身，假裝自己對這餐廳的裝潢頗感興趣。我曾覺得自己變成了青蛙，不過，突然間又變回了公主。

我想相信你所說的話。我自忖著。這不會改變什麼，但至少不會讓我感到自己這麼軟弱，這麼無用。

「我很抱歉方才有些激動。」我說。

他只是微笑。召來了侍者，付了帳。

在走回車子的途中，我再次感到迷惘。或許是因為陽光——不過，現在是秋天，陽光已變弱了；或許是因為那個老人——不過，他早就不見蹤影了。

這一切對我而言都是這麼新。生活總帶給我們驚奇，要我們朝未知走去，即使我們並不想要，也不認為有必要那麼做。

我努力想讓自己專心於周遭的景物，不過，卻無法將焦點放在橄欖樹叢、山上的村落，或者有老人守在門旁的教堂。一切是那樣的陌生。

我想起自己昨天醉得多麼厲害，也想起他昨天唱的那首歌：

布宜諾賽利斯的夜晚，有某種特殊的氣氛……

我也不知道……

看，從阿輪納列斯，在你家門外……

當我們在畢爾包時，他為什麼要唱「布宜諾賽利斯之夜」？我並不住在阿輪納列斯，他在想什麼？

「你昨天唱的是什麼歌？」

「一首給瘋子的抒情歌，」他說，「妳為什麼現在才問我？」

「不知道。」

其實，我是有理由的：我知道他所唱的歌是一個陷阱。他要我記得一些語彙，就像我為了應付考試而記一些功課；他可以唱一首我熟悉的歌，不過，卻選了一首我從沒聽過的歌來唱。

這是一個陷阱。以後，如果在收音機或酒吧聽到這首歌，我就會想起他，想起畢爾包，想起我的生命裡有一段自秋天轉成春天的時光；我將會憶起這場冒險、這些興奮，以及那個上帝知道將自何處重生的孩子。

那就是他所想的。他很聰明，經驗又豐富；他知道如何追逐所愛的女人。

我快瘋了。我對自己說。我一定是個酒鬼，接連兩天喝了那麼多酒。他知道所有的把戲，正掌控著我，用甜言蜜語眩惑著我。

「我佩服妳正和自己的心交戰著。」他在餐廳裡曾這麼說。

不過，他錯了。因為好久以前，我就曾經與自己的心交戰過，而且戰勝了它。我當然不會為了不可能的事燃起熱情，我知道自己的底線，明白自己能忍受的痛苦有多少。

「說點什麼吧。」在我們走回車子的路上，我要求。

「什麼？」

「什麼都好。跟我說說話。」

他於是告訴我，聖母瑪麗亞在法提瑪時的情景。我不知道他為什麼提起此事，不過，故事裡三個牧羊人與聖母瑪麗亞交談一事，分散了我的注意力。

我的心放鬆了下來。*是的，我知道自己的底線，我知道如何自持。*

在大霧的夜裡，我們到達了目的地。霧太濃了，我們幾乎難以辨識置身何地。我只能隱約看出，眼前有個廣場、一柱街燈、幾幢閃著微黃燈光的中世紀房子，以及一口井。

「霧！」他大喊。

我不明白他為什麼這麼興奮。

「我們現在在聖莎文。」他解釋著。

這個地方對我不具一絲意義。不過，我們現在已在法國，光是這一點，就令我感到害怕。

「為什麼到這兒來？」我問。

「因為我想帶妳看的房子就在這裡，」他笑著回答，「而且，我曾發願，一定要在無玷始胎日那天回到這兒。」

「這裡？」

「噢，在這附近。」

他停了車。走下車後，他牽著我的手，走進了霧裡。

「在我毫無預期之下，此地成為我生命的一部分。」他說。

你也是？我想著。

「剛到這兒的時候，我以為自己迷路了，不過，其實沒有──事實上，我正在重新發現它。」

「你的話真像謎一樣難懂。」我說。

「就是在這兒，我明白自己這一生有多麼需要妳。」

我把眼光望向別的地方；真是不懂他在說什麼。「不過，這和你迷了路有什麼相干？」

「讓我們找個願意租房間給我們的人吧，因為這裡的兩間旅館只在夏天營業。然後，找個餐廳吃晚飯，這回可不必緊張，不必怕警察找麻煩，不必急著要跑回車裡去！然後，我們喝點小酒，這會讓我們敞開心門，談很多事。」

我們相視而笑。我已輕鬆多了，這一路來，我一直回思著心裡那些狂亂的念頭；在經過西班牙和法國交界的山巒間時，我向上帝祈禱，請祂平撫我充滿恐懼與緊張的靈魂。

我對自己像孩童般的舉措感到厭煩。我的許多朋友皆是如此，他們甚至在不知愛為何物的時候，就讓恐懼吞噬了心靈，認為愛是不可能存在的。

如果我繼續處在這種心境之中，必然會錯失這幾天與他相處所可能出現的一切美好。

小心，我想道。*小心別讓水壩出現縫隙。只要一有小裂縫，世上將沒有任何力量能擋得住大水。*

「但願聖母從此能保佑我們。」他說。

我沉默著。

「妳為什麼不說『阿門』？」他問。

「因為我不再認為這很重要。曾經，宗教是我生命的一部分，不過，那個階段已經過去了。」

他轉過身，走回車子去。

「不過，我仍然會祈禱，」我繼續說，「當我們經過庇里牛斯山的時候，我就向上帝禱告。不過，那有點像是反射動作，現在，我已不確定自己是否還相信祂的存在。」

「為什麼？」

「因為我感到痛苦，而上帝似乎並未聽到我的禱告；因為在我生命裡，好幾次我全心全意地去愛，但我的愛總是遭到無情的蹂躪或背叛。如果神真的愛世人，祂應該更關心我的感受才是。」

「神愛世人。不過，最了解此點的是聖母。」

我大笑出聲。但當我轉頭看他，他卻一臉嚴肅，一點也不是在開玩笑。

「聖母知道完全順服的奧祕，」他繼續說，「因為有愛，且忍受著因愛而生的煎熬，聖母於是能讓我們自苦痛中得救；而基督則以相同的理由，讓我們自罪愆中得到救贖。」

「基督是上帝之子。人們都說，聖母只是個平凡女人，只不過剛巧藉由她的子宮來孕育基督罷了。」我為自己剛才的笑聲感到尷尬，試著找話說，讓他明白我對他的信仰其實是尊重的。

他打開了車門，拿出我們的行李；我正想從他手上拿起自己的背包，他卻笑著說：「讓我來揹妳的背包吧！」

這麼久以來，沒有人這樣待我的，我想道。

我們敲了敲第一間民舍的門，不過，屋裡的女人說她並不出租房間；第二間屋子，沒人應門。到了第三間，終於有個和善的老人願意讓我們寄宿，不過，那個房間卻只有一張大床。我不肯住。

「或許我們應該繼續往前開，到大一點的城市去看看。」離開那個屋子之後，我提議。

「我們一定可以找到一個房間的，」他說，「妳知不知道『另一個自己』的練習？一百年前有個故事，作者是……」

「別管作者了，告訴我那個故事吧！」我打斷了他。我們再一次走在聖莎文小鎮唯一的一條街上。

有個人遇見了一個一直都很不得志的老朋友。「我應該給他一些錢。」他想。然而，後來他才知道原來這個老朋友現在已經很發達了，正想找他，好將欠了這麼多年的債還給他。

兩個人於是走到以前常在一起廝混的酒吧，有錢的那個朋友付帳請酒吧裡所有的客人喝酒。當酒客們問他是怎麼發財的，他說，直到數天前，他一直都在扮演「另一個自己」的角色。

「什麼是另一個自己？」他們問。

「另一個自己告訴我，我應該怎麼去生活，卻不告訴我我是誰。另一個自己相信，窮一生之力盡可能地去賺錢，才能讓自己年老時不致因飢餓而死。所以，我們總是用盡心機，只為了賺取錢財；就這樣，一直到死亡之日，才發覺自己這一生並未好好活過。然而，那時一切為時晚矣。」

「而你呢？你是誰？」

「我就像是每一個傾聽自己心底聲音的人：這個人深為生命的奧祕而著迷；這個

人樂於迎接奇蹟的降臨，對自己所做的事總是滿心歡喜，充滿熱情。而另一個自己卻總是憂懼著可能遭遇的失望，讓我踟躕不前，什麼事也不敢做。」

「然而，生命中的確有許多折磨。」其中一位聽者說。

「生命中也有許多挫敗。沒有人能逃避這些。不過，為了夢想而奮戰，就算吃了敗仗，也遠比不知為何而戰，終至失敗要好得多。」

「就這樣嗎？」聽的人問。

「是的，就是這樣。當我體認到這一點，便從此得到解脫，決心成為那個我一直想去做的人。而另一個自己則站在房間裡的角落盯著我看，不過，我永遠也不會再讓另一個自己走進我的心，儘管它總是恫嚇我，警告我不去思考未來是危險的。

「從那一刻起，我將另一個自己完全逐離我的生命，神聖之力於是開始創造奇蹟。」

儘管我的朋友很久以前就已經把「另一個自己」逐出生命之外，不過，在今晚尋找住處一事上，他倒沒什麼好運氣。

但我知道他講這個故事不是給他自己，而是給我聽的，他似乎在談我的恐懼、我的不安全感，以及我不願去感受一切的美好，因為我總感覺它可能稍縱即逝，那麼之後我將得忍受無盡的苦楚。

眾神喜歡擲骰子。

眾神不管我們想不想玩這場遊戲。祂們並不在乎，如果你向前走，是否得拋下你的情人、你的家、你的事業或你的夢想；祂們並不在乎你是否擁有一切，不在乎在你的努力與堅持之後，是否就能讓每一個渴望得到滿足。眾神並不想知道你的計畫與你的希望，祂們只是在擲骰子，而你，只是被選擇的；從被選擇的那一刻起，成與敗不過是運氣問題罷了。

眾神正在擲骰子，打算將愛情從籠中釋放出來。愛情能載舟，亦能覆舟，就看它獲釋之時的風向怎麼吹。

此刻，風正依他的意思而吹著。這股風一如諸神的性情般反覆無常——在我心底深處，已開始感到大風來襲。

最後，命運似乎想告訴我「另一個自己」這個故事是真的——宇宙也應和著，總是會協助有夢的人——我們終於找著一個可以住的房間，裡頭有兩張分開的床。我做的第一件事便是洗澡、洗衣服，然後換上新買的T恤，感到一身輕鬆，這也讓我覺得更安心一些。

和屋主夫婦吃過晚餐之後（這兒的餐館在秋天和冬天也都歇業了），他向屋主要了瓶酒，並承諾第二天會買一瓶送還，然後，我倆便穿上外套，帶著兩只酒杯出門去了。

「讓我們坐在井邊吧。」我提議說。

我們於是坐在那兒，喝著酒，驅走寒意和緊張的心情。

「看來『另一個自己』好像攫住了你，」我半開玩笑地說，「你的好心情似乎不見了。」

他笑了笑：「我知道我們遲早會找著一個房間的，果不其然。宇宙總是幫著我們實現夢想，不管那夢想有多愚蠢。我們的夢想是屬於我們自己的，只有我們自己知道得花多少力氣去保有它。」

街燈照得四周的霧泛起黃光，迷濛中，甚至連廣場的另一頭也看不見了。

我深深吸了口氣。我們無法再逃避去談那個話題了。

「我們得談談愛情這件事，」我說，「這幾天來，你知道我怎麼想。如果這件事是依我的意思，那麼它根本就不存在；不過既然你提了出來，我就無法停止不去想它。」

「陷入情網是很冒險的。」

「我知道，」我回答說，「以前我也曾談過幾回戀愛；那就像上了麻藥一樣。一開始，讓人全然沉浸在飄然若仙的快感之中；第二天，你需索更多，儘管尚未上癮，但你卻喜歡那個感覺，更以為情勢都在掌控之中，那時候，你只花兩分鐘思念你的情人，接下來的三個小時都將他置諸腦後。

「不過，當你習慣有他相伴之後，卻開始完全依賴著他，此時，你會花三個小時相思，而只能用兩分鐘暫時忘卻他。如果他不在身邊，你就會像嗑藥的人沒有吃藥一般地痛苦，而後就像上了藥癮的人會為了得到所需而去偷搶、羞辱自己一樣，你會為了愛而做盡一切。」

「妳怎麼會對愛情有這麼駭人的想法。」他說。

這麼說聽來的確可怖；在美酒、古井和有著中世紀建築的廣場上，我的析論和周遭的浪漫極不相襯，不過，我卻認為，愛的真貌就是如此殘酷。如果他打算在愛的基礎上，採取那麼多的行動，他得明白，風險究竟有多高。

「所以，我們得去愛那些和我們離得很近的人。」我說。

他望向了迷霧。現在對於我們是否要繼續討論關於愛情的話題，他已不再有興趣了。我表現得很剛強，不過，除此之外別無他途。

話題終了。我心想，和我相處三天之後已足夠讓他改變初衷。我的自尊受了點傷，但我的心卻感到紓解。我真想要這樣嗎？我問自己。我明白，我已開始感到愛情即將帶來的風暴，感到水壩就要開始出現縫隙了。

我們繼續喝著酒，卻不再談什麼嚴肅的話題了，只隨便聊著租給我們房子的那對夫妻，以及這個鎮是以某一位聖者而命名的由來；他告訴我廣場對面那座教堂的一些傳奇，不過，在大霧裡，我幾乎無法看見教堂。

「妳心情不太好。」他忽然冒出這句話。

是的，我的心飄忽難定。真希望身邊有人能讓我的心平靜下來，至少，能有個我能與他相伴，而不必害怕第二天就會失去他的人。如果彼此之間有這樣的確認，時間必然會過得慢一點；我們可以維持一陣子的靜默，因為有長長的一生可以讓我們交談；我也無需憂慮那些沉重的事、那些困難的決定，以及困難的言語。

我們沉默地坐著，這是頭一次，我倆真的無話可說，儘管這是在他起身打算去買另一瓶酒時，我才深切體會到的。

沉默。之後，我聽到他的腳步朝井邊走來，之前我們已在此坐了一個多小時，喝著酒，凝望著霧中風景。

這是頭一次我們相對無語了這麼久。這不像從馬德里到畢爾包那一路上尷尬的沉默；也不是我們在聖．馬汀．狄．烏克斯的教堂時，我因恐懼而生的靜默。

這一回，靜默自己出聲說了話。它在說，我倆不必對彼此解釋任何了。

腳步聲停了下來，他看著我，他所看到的景象必定很美：大霧的夜，迷濛的街燈下，一個坐在古井邊的女人。

古老的建築，十一世紀的教堂，以及無邊的靜默。

等我打算說話時，第二瓶酒已喝了一半。

「今天早上，我快以為自己是個酒鬼了，從早到晚不停地喝酒。我在過去這三天裡喝的酒，比去年一年喝的還要多。」

他靠近了我，撫弄著我的頭髮，不發一言。我沉溺在他的愛撫裡，一點也不想把他的手推開。

「告訴我，從上回離開我以後，你是怎麼生活的。」我說。

「沒什麼奧祕好說的，我的路總是在那兒，我只是盡力以一種有尊嚴的方式去走那條路。」

「你的路是什麼？」

「尋愛的人所走的路。」

他遲疑了一會兒，把玩著快要空了的酒瓶。

「然而，愛之路的確是複雜的。」他下了結語。

「那是因為這條路可能領我們上天堂，也可能下地獄？」我不確定他的話是否也暗指著我倆的事。

他卻不回答我。或許他仍沉浸在沉默之洋裡，不過，酒精鬆弛了我的舌，我想繼續說下去。

「你說，這個鎮裡的某些事改變了你的生命。」

「是的，我認為是的，不過，我仍不完全確信是否如此，因而想帶妳到這兒來。」

「這算是某種測試嗎？」

「不，這是一種順服；這樣她就能幫助我下決定。」

「誰能幫你？」

「聖母！」

又是聖母！我早應該知道的。我真訝異，經過這些年的旅行、歷練，接觸了這麼多的新事物，竟然都沒能讓他稍改兒時的宗教信仰。就這一點而言，我和許多朋友已經離此很遠了，至少我們已不再生活於罪與罰的沉重擔子之下。

「我真驚訝，走了這麼長的路，你仍保有信仰。」

「我並非一直都保有信仰的。我曾失去了信仰，後來又再找回了它。」

「信仰聖母？信仰不可能的事，信仰幻夢？你的性生活很不活躍？」

「噢，還好吧，我曾與不少女人談過戀愛。」

出乎意料的，我竟對此生起莫名的妒意。不過，我心底已打算偃旗息鼓，不想重啟戰端。

「為什麼她是『聖母』？為什麼她在我們面前，不像任何一個平凡女人？」

他喝乾瓶裡的酒，問我要不要他再去買一瓶。我說不要。

「我想要的是你的答案。每回我們談到某件事，你就會把話題轉開。」

「她曾是平凡的。她曾有過其他孩子，《聖經》上說，基督有兩個兄弟。她之所以是聖母，除了她孕育了基督之外，還在於另一件事：瑪麗亞開啟了一個新的美德世代，一個新紀元於焉展開。她是宇宙的新娘，地球因此迎向天堂，得到滋養、繁盛。

「由於她在接受自己的宿命時所展現的勇氣，讓上帝願意降臨地球，而她也因此而成為聖母。」

我並未完全聽懂他的話，而他顯然也明白此點。

「她是上帝的女性面貌，她有屬於她自己的神性。」

他說話時情緒飽漲著，事實上，他顯然經過一番天人交戰，彷彿這麼說讓他感到自己犯下了某種罪惡。

「女神？」我問。

我等著聽他解釋，不過，他沒法再多說什麼。我想到身為天主教徒的他，方才的話似乎是種褻瀆。

「誰是聖母？什麼是女神？」

「這很不易解釋，」他說，顯然他感到越發不自在起來，「我帶了些我寫的東西，如果妳想知道，可以讀一讀。」

「我現在不想讀，我只想聽你解釋。」我堅持著。

他四下張望著，想找那瓶酒，不過，瓶裡早已空了。我們倆都忘了為什麼會到這口井邊來，空氣裡似乎飄浮著某些重要訊息，彷彿他所說的話是神蹟的一部分。

「繼續嘛！」我催促他。

「水是她的象徵，正如我們周遭的霧一般。女神以水來彰顯她自己。」

周遭的霧似乎突然有了生命，變得神聖起來，儘管我對他試著說明的話，並不全然能懂。

「我不想多談此事的歷程，如果妳有興趣了解，不妨讀讀我隨身帶來的這些書。不過，至少妳可明白一點，女神、聖母瑪麗亞、埃西斯女神……，不同宗教裡或許對其有不同的稱號，但所指的是同一位神，不管歷經多少禁錮、偽裝，或遭世人遺忘，她的教化歷千萬年而不衰，至今仍在人間流傳著。

「女性的面貌是上帝諸多面貌之一。」

我審視著他的臉。他的眼神閃爍著光芒，正凝望著四周的迷霧，我明白我不必再催促他什麼。

「在《聖經》的第一章裡，她就已出現了。神的聖靈運行於水面上，將水分置眾星上下，象徵天與地神祕地聯結在一起。而在《聖經》的最後一章，她也同樣出現了：

聖靈與新婦都說：『來吧！』
聽見的人也該說：『來吧！』
飢渴的人也當來，
願意的都可以
白白取生命的水喝。」

「為什麼水是上帝女性面貌的象徵呢？」

「這我也不確知。不過，她總是選取水來彰顯她的存在，或許因為她是生命的源頭；人類孕育於羊水之中，長達九個月。水是女性力量的象徵，而那股力量是不論多麼完美、多麼有智識的男人，都無法攫取的。」

他停了一會兒，而後又繼續說：

「在每一種宗教及每一種傳統信仰中，她總是會以某一種方式來彰顯自己。而身為一個天主教徒，我認為她就是聖母瑪麗亞。」

他拉起我的手，不到五分鐘，我們就走出了聖莎文。我們經過路旁一座圓柱，發覺它的頂端有些不尋常：那是一座十字架，架上原本應是耶穌的聖像，但卻換成了聖母瑪麗亞。

現在，黑暗及大霧完全籠罩著我們。我開始想像自己正浸淫在水中，就像在母親的子宮裡——在那兒，時間與思想都不存在。他對我說的每件事都開始有了意義。我想起在佈道會場遇見的那個女人，以及領我到廣場去的女孩，她也說，水是女神的象徵。

「離這兒二十公里處有個洞穴，」他告訴我，「一八五八年二月十一日，一個少女和另外兩個女孩在洞穴附近綑著稻草，這個女孩身體很弱，還患有氣喘病，家境十分的窮困。那時是冬天，她擔心會生病，不敢涉溪，因為她的父母還需要她做工賺錢。

「忽然，一位身著白衣，腳上戴有兩朵金色玫瑰的女子出現了。這位女子對待那女孩如公主般地好，並問她是否願意再回到這個地方幾次，而後就消失了；另外兩個女孩見到方才的景象，十分驚異，很快便把事情傳了出去。

「不過，這卻為那個女孩帶來了好長一段時間的痛苦，她被監禁了起來，有關當局要她否認確有此事；其他人則付錢要她代為求神問卜。在那些日子裡，她的家人在大庭廣眾前備受羞辱，人們譏諷說，那個女孩為了引人注意，才編造這樣荒誕的故事。

「這個叫做貝爾娜德特的女孩，並不知道該如何稱呼那位神奇女子，只好以『那個』來代替。她的父母憂慮她的情況，因而向村裡的教士求援。教士建議貝爾娜德特，下一回見到那個精靈時，一定要問問她的名號。

「貝爾娜德特照著教士的話做了，不過，所得到的回應只是一個微笑。『那個』一共在女孩面前顯靈了十八次，多數時候，她都未置一言。只有一回，她要女孩親吻一下大地；貝爾娜德特雖然莫名所以，但還是照著做了。另一回，她要女孩在洞穴內的地上掘一個洞，貝爾娜德特也聽話地照做，洞裡立刻盈滿了汙濁的水，這兒曾是豬圈，因而流出的水十分骯髒。

「『喝那個水。』那名神奇女子說。

「水是那樣地髒，貝爾娜德特用手捧起水，倒掉了三次，仍不敢喝，最後，她終於勉強喝下。在她掘的洞裡，水愈冒愈多，有個瞎了一隻眼的人走來，捧起了水，滴在臉上，竟得以重見光明；一個女人抱著孩子哭喪地跑來，因為她的孩子快要病死了，她將孩子浸在水裡，那時溫度在零度以下，然而，這孩子竟不藥而癒。

「慢慢地，傳奇四處散播，成千的人開始到此地來，貝爾娜德特繼續詢問著女神的名號，但仍只得到她的微笑。

「直到有一天，『那個』轉身朝著貝爾娜德特說：『我是聖母的胎兒。』

「心滿意足的女孩於是跑去找村裡的教士，告訴他神奇女子的名號。

「『這不可能的，』他說，『沒有人可能同時既是樹又是果，我的孩子。回到那兒去，把聖水灑在她身上。』

「教士所能了解的是，只有上帝才是從世界源初就存在的，而上帝，正如人人皆知的，是一個男性。」

說完，他停下不語了好長一段時間。

「貝爾娜德特將聖水灑在『那個』身上，神奇女子只是溫柔地微笑著，什麼事也沒有發生。

「七月十六日，神奇女子最後一次顯靈。不久之後，貝爾娜德特進了女修道院，並不知道她改變了洞穴附近那個小村落的命運。泉水不斷湧出，奇蹟也一直出現，一個又一個。

「傳奇在人間流傳開來，一開始只是在法國境內，而後，全世界都知道了，小村變成了大城，商業活動多了起來，旅店一間間地開張。貝爾娜德特死了，長眠於離該地甚遠的地方，一點也不知道此地的轉變。

「有些人想令教會蒙羞，他們知道梵蒂岡現在接受聖靈存在的事實，於是開始製造假神蹟，但隨即事跡敗露；教廷對此的反應十分強烈，於是從某一天開始，規定只有通過醫藥及科學委員會一連串測試的現象，才能被視為是神蹟。

「不過，泉水仍繼續湧出，而獲救的事蹟也不斷出現。」

我聽到附近有個聲響，它嚇著了我，不過，他似乎一點也沒察覺。此時，大霧彷彿有了生命，有了屬於它自己的故事。我回想著他告訴我的話，不明白他為什麼會知道這些。

我思索著上帝女性的一面。在我身旁的這個男人，有個充滿矛盾的靈魂，不久之前，他還寫信告訴我，他想進天主教的神學院，而今，他卻認為上帝有個女性的面貌。

他緘默著。我感覺自己彷彿仍置身大地之母的子宮裡，渾然不覺時空的變化。

「有兩件重要的事是貝爾娜德特所不知的，」他最後說，「第一，在基督教徒來此之前，這些山巒是塞爾特人的住處，而女神是他們主要的膜拜對象，幾世代以來，他們皆了解上帝女性的一面，並且分享著女神的愛與光輝。」

「第二點是什麼呢？」

「第二，在貝爾娜德特體驗女神的聖靈之前，梵蒂岡當局曾祕密開會；會議內容不得而知，當然，此地的教士是不可能知道的；不過，天主教最高決策當局當時正要決定，是否要認可無玷始胎的相關教義。

「這個教義幾經周折，終於在教宗同意下，獲得認可。不過，一般大眾並不很了解它真正的意涵。」

「那麼，你打算怎麼做呢？」我問。

「我是聖母的門徒，我一切的體悟都是由她那兒得來的。」他似乎在說，聖母是他一切學識的泉源。

「你見過她嗎？」
「是的。」

我們回到了廣場，朝著教堂走去。我看到街燈下的古井，井邊有瓶酒，以及兩只玻璃杯。我想，一對情人必定曾在這兒待過。在無聲中，那兩顆心交談著，而當一切該說的話都說盡時，他倆於是開始分享生命的偉大奧祕。

我感覺自己正在面對某些十分嚴肅的課題，因而竭力想從過去的經驗中，搜尋出一絲智慧。有幾次，我想到我的學業，想到札拉哥沙，想到我打算在生命中找到的男子……，不過，一切變得遙遠起來，在聖莎文的迷霧裡顯得模糊不清。

「你為什麼要告訴我貝爾娜德特的故事？」我問。

「我並不確知原因，」他回答，眼眸卻未朝向我，「也許是因為我們離盧德不遠吧；也許因為後天就是無玷始胎日；也或許是因為，我想讓妳知道，我的世界並不像表面上看起來那麼孤絕和瘋狂；有許多人也與我有志一同，他們相信自己所說的話。」

「我從來沒說過，你的世界是瘋狂的。或許我的世界才是瘋狂的。我的意思是，我正以生命中最重要的時光去研讀那些教科書，而讀那些書其實並不能將我帶離那個我已過於熟悉的小鎮。」

我感到，他由於我能了解他而鬆了口氣。我以為他會再多談些女神的事；不過他卻轉向我說：「回去睡吧，我們剛才喝了太多酒了。」

一九九三年十二月七日

星期二

1993.12.7

他直接睡了，不過，我仍睡不著，心裡想著迷霧、酒以及我們的談話。我讀著他給我的手稿，然而，那些內容讓我感到震顫：上帝，如果真有上帝的話，祂既是父親，更是母親。

之後，我關了燈，躺在床上，思緒仍翻攪著。在靜寂中，我才感覺到自己與他有多麼接近。

我們倆並未明說什麼。愛是不需要討論的，它有自己的聲音，也只說與自己聽。那個夜晚，在古井邊，靜默讓兩顆心彼此探索，因而更了解彼此。我的心曾傾聽著他所說的話，而今感到無比滿足。

在睡著之前，我決定要做一下所謂「另一個自己」的練習。

我在這個房間裡，我想道，遠離了一切我所熟悉的事物，談著我從來不感興趣的事，睡在一個我從未來過的小城，我大可假裝自己是個不同的人，至少可以花幾分鐘角色扮演一下。

我開始想像，在那個時刻，我希望怎麼活。我希望自己是快樂的、好奇的、愉悅的，時時刻刻都是充實的，飢渴地啜飲生命之水；我希望自己再一次相信夢想的存在，並有力量去爭取自己想要的一切。

愛一個我所愛的男人。

是的，這才是我所希望成為的女人——這個女人忽然間展現在我面前，而我覺得她正與我合而為一。

我感覺，我的靈魂正沉浸在上帝（或女神）的和煦光輝中，儘管之前我曾失去信仰。同時，我覺得「另一個自己」離開了我的軀體，正站在這個小房間的角落裡。

我審視著在此之前的那個自己：一個女人，明明脆弱的，但卻想予人堅強的印象；明明對一切感到害怕，卻告訴自己，自己毫無畏懼。自作聰明的我，以為老家具不曬太陽就不會褪色，於是拉上窗簾，拒絕陽光帶來的喜悅。

我看著房間角落裡的「另一個自己」，它是那樣的脆弱、疲倦、自以為清醒，試圖克制著原本應該釋放的情感；試圖依著過去的苦痛，而為未知的愛情下判決。

但愛情總是嶄新的。不管過去在生命中曾經歷過一次、兩次、十次的愛情，我們總是面對全新的情境。這份愛或許會領我們上天堂，也可能下地獄，但總之它會帶我們往某處去；我們只需接納，因為愛情終將豐富我們的生命；如果拒絕，只有死於飢餓，因為我們連伸手向生命之樹摘取果實的勇氣都沒有。當找到了愛，我們必得承受它，即使這意味著我們因而要忍受數小時、數天、數週的失望和傷心。

而當我們開始真正尋找愛情，愛情亦將開始來尋找我們；並拯救我們。

當另一個自己離開了我，我的心終於再度與我對話。它告訴我，水壩的裂隙已讓大水蓄勢待發，四面八方倏忽刮起了大風，但我的心充滿了喜悅，因為我又開始聆聽它的話語。

我的心告訴我，我戀愛了。於是，嘴角帶著微笑，我，終於沉睡。

醒來時，窗子開著，他正眺望著遠處的羣山。我一語不發地看著他，心裡準備著只要他轉身，我立即就把眼睛闔上。

他彷彿看穿了我的心思，轉過身，看著我。

「早。」他說。

「早，把窗關了吧，好冷啊！」

另一個自己悄然出現了，它仍企圖轉移風的方向，偵刺著事情的幽暗面，說著，不，那不可能。只是，它明白，這一次已太晚了。

「我得換個衣服。」我說。

「我在樓下等妳。」

起了床，我將另一個自己從思緒裡趕走，又去開了窗，讓陽光灑進來。此時，陽光正洗浴著一切，映照在峰頂覆著白雪的山羣、乾葉鋪灑的大地，以及不見其影卻得聞其聲的河水。

陽光同樣灑在我身上，溫暖著我赤裸的身軀。我不再感到寒冷，在我體內，星點般的火花冒出了火焰，火焰轉成了如炬的熊熊烈焰，烈焰又燒成了不可收拾的燎原大火，而這股熱能正燃燒著我。我明白。

我明白這是我想要的。

我也明白，從此刻開始，我即將經歷天堂與地獄的滋味，經歷極致的喜悅與苦痛，經歷幻夢與幻滅。此後，從我靈魂深處吹起的風將離我而去，愛將取而代之，成為我生命的嚮導。

曾經，從兒時起，從初嘗戀愛的滋味時，愛便一直靜候著，想導引我的方向；而我，儘管曾以為為愛情奮戰是不值得的，但其實心底從未忘卻愛的存在，只是，愛總是困難的，讓我遲遲不肯躍入其中。

我回想起當年在索利亞的廣場上，我為什麼會要他為我找回遺失的徽章。那時，我心底明白他即將要對我說的話，但我不想聽，因為我認為，他是那種遲早會為了追尋財富、奇遇和夢想捨我而去的人；而我要的是一份有未來的愛。

我明白，之前我對愛情一無所知。當我在佈道會上見到他，接受了他的邀約時，我以為，自己已是個成熟的女人，有能力掌控住那顆心，那顆長久以來一直想找尋白馬王子的女孩兒般的心。

之後，他說在我們心中，一直住著一個孩子；而我，再度聽到心底那個孩子，那個對愛患得患失的公主的聲音。

這四天以來，我一直想要忽視心底出現的聲音，不過，它卻愈來愈大聲，而不斷抗拒它的「另一個自己」，也變得激越起來。只是，在靈魂最深處，真實的自己仍存在著，我仍相信自己的夢。在「另一個自己」來不及置喙時，我已同意搭他的便車，同意與他一起旅行，同意承擔此行的風險。

正因為如此——因為那個小小部分的自己還存活著，在四處尋我不著之後，愛最終還是發現了我。

是的，愛發現了我，儘管「另一個自己」如何以學業、頑固的意見以及先入為主的成見，在札拉哥沙一條安靜的街上，築起了路障。

我打開了窗，也打開了自己的心。霎時，陽光淹沒了房間，而愛滿溢著我的靈魂。

沿著雪地，我們在路上遊蕩了好幾個小時，在一個我不曾知道它名字的小村，吃了早餐。在小村中央廣場的噴水池中，有一座蛇與鴿結合為一的奇特雕像。

當他見到這雕像時，微笑著說：「這是一個象徵——男性與女性在一個形體中共存著。」

「你昨天告訴我的事，是我從未想過的，」我說，「不過，我覺得有道理。」

「『上帝創造了男人與女人，』」他引用〈創世紀〉裡的話說，「因為那是祂的形與影——男人和女人。」

我注意到他的眼中閃著一絲新的光輝。他看起來很快樂，對著每件小事傻笑。一路上，無論是遇見身穿灰衣、正要到田地裡工作的農人，或是穿著鮮麗勁裝，正打算爬上頂峰的登山客，他都和悅地與他們攀談，我倒很少開口，因我的法文太不堪用，儘管如此，在一旁看著他和別人聊天，心裡竟也歡天喜地著。

他的喜悅感染著人，每個和他聊天的人也都帶著笑。或許他的心已告訴了他，如今他明白我是愛他的，儘管我表現出來的仍只像個老朋友般。

「你看起來高興多了。」我說。

「因為我總是夢想著能和妳一起到這兒來，走過羣山，擷取那『陽光下的金色果實』。」

「陽光下的金色果實」，這是某個詩人好多年前寫的詩句，現在他複誦著，適切地反映著此刻我倆的心事。

「還有另一個原因讓你這樣高興。」在離開那有座蛇鴿同身雕像的小村落時，我說。

「是什麼呢？」

「因為你知道我很快樂。對於領我到這兒來，領我攀爬真知之山，遠離空洞的學業之山，你心裡總是有負擔的。而你現在讓我真正感到快樂，尤其，快樂是這樣一種奇妙的東西：愈是有人分享，就愈感快樂。」

「妳又做了『另一個自己』的練習了嗎？」

「是啊，你怎麼知道？」

「因為妳也改變了。也因為我們總是適時地從那個練習裡，更懂得一些事。」

另一個自己一整個早上都追著我不放，然而，隨著每一分鐘的逝去，它的聲音愈見微弱，它的形影也愈見消散。這讓我想起吸血鬼的電影裡，精怪一瞬間化成了煙塵，消失無蹤。

我們經過另一個廊柱，上頭雕有聖母被掛在十字架上受難的樣子。

「妳在想什麼？」他問。

「吸血鬼。這些夜裡活動的精怪，心門閉鎖著，卻又急切渴望著同伴。一羣失去愛的能力的可憐蟲！」

「這就是為什麼傳說裡，只要一根細棒射穿他們的心，就能置其於死地。那時，他們的心會焚燒起來，愛的能量因而得以釋放，並將惡靈毀滅。」

「我以前從不曾想過這些；不過，聽起來頗有些道理。」

我已成功地將細棒埋入我的心，讓心中所有的魔咒消散於無形，讓我的心重新感知一切；另一個自己已無處藏身。

曾有千百次，我想握住他的手；也曾有千百次，我不肯讓自己這麼做。我仍有些迷亂——我想告訴他，我愛他，但卻不知如何啟齒。

走過山間，走過水邊，我們甚至曾在一座樹林裡迷失了方向，幸好終於又找著了路。一邊吃著三明治，喝著融化的雪水；直到太陽即將西下，我們才決定回聖莎文去。

石牆傳回了我倆腳步的回聲，在教堂門口，我直覺地將手伸進眼前的聖水中，然後在胸前畫了個十字架；我想到，聖水是女神的象徵。

「我們進去吧。」他說。

我們於是走進了黝黑而空蕩的教堂中。聖莎文是活在第一個千禧年初的隱士，後來葬在這個主祭壇之下。教堂的牆曾坍塌過，因而數度重建。

有些地方正如這座教堂一般，曾遭受戰爭蹂躪、宗教迫害或世人的漠視，但它們的神聖氣息卻未嘗稍改。總會有人覺察到有什麼部分遺落了，將之再修補回去。

看著釘在十字架上的耶穌，我突然有種荒謬的感覺，覺得祂的頭好似隨著我而轉動著。

「在這兒停一下吧！」

我們正在聖母的祭壇前。

「看那雕像。」

那是聖母瑪麗亞，耶穌基督正坐在她的膝上，還是嬰兒的基督手指向天際。

「看得仔細一些。」他說。

我仔細審視著這座木雕，看著它的金漆、底座，以及創作者精緻的雕工，聖母及聖嬰袍子上的皺摺自然而細膩；然而，直到我專注觀察聖嬰的手指時，才明白他的用意。

看起來，似乎是聖母抱著聖嬰，但其實是聖嬰支撐著聖母。指向天際的聖嬰的手，看來正領著聖母向著天堂而去。

「六百多年前製作這座雕像的藝術家，明白他所要傳達的訊息是什麼。」他評析著。

木質地板上響起了腳步聲。一個女人走到主祭壇前，點燃了一枝蠟燭。

我倆沉默了好一會兒，好讓她可以平靜禱告。

愛從來不會一次只來一些，我想著，一邊看著他，一邊接收著聖母的冥思。在前一天，儘管愛並未到來，這世界仍然對我有著意義；不過，現在，我倆卻如此倚賴彼此，彷彿唯有如此，才能感知萬物的璀璨。

當那個女人離去之後，他繼續說著：「那個藝術家明白聖母、女神及上帝慈藹的面貌為何。妳一直問我一個至今尚未直接給妳答案的問題，那就是『你從哪兒學會這些的？』」

是的，我曾問過他這個問題，而他其實已給了我答案。不過，這時我並不想打斷他。

「其實，我和這位藝術家悟道的方式是一樣的：『接受上天的愛，讓自己接受上天的導引』。」他繼續說。「妳一定記得我曾寫信告訴妳，我想進神學院一事。我從未把真相告訴妳，其實我已進了神學院。」

我立刻回想起，我們在畢爾包那場演講之前的對話。我的心跳開始加速，努力讓自己的眼神專注看著聖母，而她正微笑著。

不可以，我想著。*你走進我的心中，旋即又將離去。請你告訴我，你已離開了神學院。*

「以前，我浪跡天涯了好些年，」他說，這一回他可沒猜出我的心思，「去了好些地方，見過好些人；曾在地球的四個角落，尋找著上帝；也曾和好多女人談過戀愛；並且換過不少工作。」

我的心中又生起一股痛楚。我擔心另一個自己又回來找我，因而不斷凝視著聖母的微笑。

「生之奧祕令我著迷，我不斷想多了解它，不斷追尋可以為我解惑的人。我去了印度和埃及，和宗師們學習幻術與冥想。最後，才發現我所追尋的真理是：當有信仰，一切就能為真。」

「信則有」！我再度環視教堂內的一切，看著傾頹了又不斷被重建的石牆。是什麼動力讓人們這麼堅持？是什麼動力讓人們這麼努力重建在羣山裡、這麼偏僻的一座小教堂？

信仰。

「佛教徒是對的，印度教徒是對的，穆斯林是對的，猶太教徒也是對的。無論何時，只要有人虔誠地踩著信仰的腳步，無分男女，就能與上帝交流，共創奇蹟。

「光是知道這一點仍不夠，你還得做出選擇。而我選擇信奉天主教，只因我生長於天主教的環境中，自童年時就已成為天主教徒。我想，如果我是猶太人，我必定會信仰猶太教。上帝只有一位，儘管祂有千百個不同的稱號。我們只不過得去選擇一個祂的名號就是了。」

教堂裡再度響起了腳步聲。

一個男人向我們走來，盯著我們看。而後，他轉身走到主祭壇，拿起兩只大燭台，他顯然是這個教堂的執事人員。

我想到之前在另一個教堂，那個守門人不肯讓我們進去；不過，這個人倒是未置一言。

「今晚，我有個聚會。」那個人離去後，他說。

「別轉換話題，拜託你繼續談剛才的事。」

「我進了這附近的一所神學院，那四年裡，我傾全力學習；同時，我和聖神同禱會等教派的人多方接觸，他們很想有所突破，將閉鎖已久的某些性靈經驗之門再度打開；我也發覺，上帝並不像我兒時所認為的那樣令人生畏，換言之，我們正從事一項運動，希望回歸基督精神的本源。」

「你是說，在歷經兩千年之後，人們才終於知道，此時是將耶穌基督納入教堂的時機？」我語帶嘲諷地說。

「妳或許認為這很可笑，不過，事實確是如此。從那時起，我開始向神學院裡的一位前輩請益，他教導我，我們得接受啟示之火，也就是『聖靈』。」

聖母仍帶著微笑，聖嬰的臉上滿是喜悅的神情，但是聽他談這些，我的心卻幾乎要停止跳動了。我也曾信仰上帝，只是時間、年歲，以及自認是個理性而務實的人，讓我遠離了宗教；而今，當我們開始相信奇蹟和天使的存在時，我知道自己多麼想重拾兒時的信仰，只是，單憑意志是無法讓我再度走入宗教的。

「那位前輩告訴我，如果我願意相信，那麼我終究會真正了解以前所有我曾聽過的事，」他繼續說，「當我閉關靜修時，我開始和自己對話，禱告著聖靈能夠現身，教導我一切至理。慢慢地，我發覺，當我和自己對談時，就有另一個智慧的聲音正指點著我。」

「我也有過這種經驗。」我打斷他的話說。

他停了下來，想等我繼續說下去；不過，我卻沒再多說什麼。

「我在聽。」他說。

不知怎的，一時間我的舌頭卻像打了結似的。他的話聽來如是動人，而我是沒法說得像他那樣好的。

「另一個自己又想回來找妳了，」他說，彷彿窺見了我的心事。「另一個自己總是擔心妳會說什麼蠢話。」

「是啊，」我說，一邊掙扎著想擺脫我的疑懼。「好吧，有時我在和別人談天時，會對自己說的話感到驚異，因為我發覺自己正說出過去從不曾說過的話，好像有某個更聰明的人，將他的智慧灌注給我似的。不過，這種經驗並不多。多數時候，我寧可聽別人說，這讓我覺得自己多學了點新想法，儘管談完之後，我常將之忘得一乾二淨。」

「其實，最值得驚歎的正在於我們自己，」他說，「信仰只是一粒小沙，但正是這粒沙，讓我們認為自己有能力移山；這就是我所體會的真理。至今，我自己說出的話也常令我感到訝異。

「十二使徒不過是沒有學識且無知的漁夫，但卻接受了來自天堂的聖火；他們並不為自己的無知感到羞慚；他們衷心信仰神。上天的禮物一直在那兒，只等著那些願意領受它的人。人們需要做的只是相信它，接受它，並且不怕犯錯。」

聖母對著我微笑。她有太多值得悲泣的理由，不過，卻仍欣喜著。

「繼續說。」

「就這樣了，」他答說，「接受上天賜予的禮物，而後讓這份禮物得到彰顯。」

「光是這樣是行不通的。」

「妳不明白我的話嗎？」

「我明白。但我和其他人一樣：我害怕。這或許對你或我的鄰居們有效，但對我是絕對不管用的。」

「那終究會改變的。有一天，妳終會明白我們正是心底那個純真的孩子。」

「不過，那個時候，我們只會以為自己和光源更近了些，但其實根本無法點亮自己心中之燭。」

他並未回答我。

「你還沒把你在神學院的事說完。」我說。

「我還在神學院中。」

在我有所反應之前，他站起了身，走到教堂中央去。

我仍待在原地不動。我的心翻轉不停。仍在神學院中？

最好別多想。愛已淹沒了我的靈魂，我早已沒有任何辦法能掌控它。我曾擁有一根浮木，那就是：「另一個自己」。有了它，當我軟弱時，我就會變得嚴厲；當我恐懼時，我就會變得冷肅。不過，我不再想要有它為伴了，我不再想藉由它的眼來看待生命了。

一陣持續的巨大樂音打斷了我的思緒。我的心怦然躍動著。

樂音又再響起；而後，又響起。我向後望去，看見一座木梯，通向一個粗糙的講台，它和教堂中這種靜謐的美極不相稱。在講台上，有一架極古老的管風琴。

他在那兒。光線不足，我看不清他的臉，但我分辨得出他在那兒。

我站了起來，但他呼喚著我。

「派拉！」他的聲音充滿了感情，「就待在那兒，別動！」

我聽從他的話。

「願聖母能夠啟示我，」他說，「願這樂音能夠做為我對今日的讚美。」

他於是奏起了「福哉！瑪麗亞」。那時應是下午六點，正是祈禱鐘應該響起的時刻——也正是光明與黑暗交會的剎那。琴聲迴盪在空蕩蕩的教堂裡，我的心思於是在琴聲、承載著信仰與歷史的石牆及聖母像間漫遊。我閉上了眼，讓樂聲穿過我的心，洗去靈魂中所有的恐懼和原罪，告訴自己，我總是比自己認為的更好，也比自己認為的更堅強。

自從我拋棄了信仰之後，這是頭一次這麼強烈地想禱告。儘管我坐在教堂的長椅上，但靈魂早已跪伏在聖母跟前；儘管偉大的她可以說「不」，但她總允諾地說：

「是的。」

天使總是會去找另一個人，而上帝的眼裡並沒有怪罪之意，因為上帝明白祂子民的所有弱點。

不過，聖母卻說：

「願祢的旨意成就。」

儘管自天使的話裡，她得知自己將承負使命中所有的痛苦與折磨；儘管她的心讀得出她的愛子必將離家，看得見人們將會追隨她的愛子，而後又背棄祂，不過，

「願祢的旨意成就。」

儘管，生產是女人生命中最重要的時刻，她卻願意在馬槽裡將愛子產下，因為她明白，這是《聖經》所揭示的：

「願祢的旨意成就。」

儘管，充滿苦惱的她在街上遍尋愛子，終於才在教堂中找得，但祂卻要她不要干擾，因為祂有其他任務及使命要完成；

「願祢的旨意成就。」

儘管她知道，終其一生都將忍受著尋找愛子的痛苦，終其一生都在為愛子的生命擔憂，因為她深知愛子必遭迫害及威脅；

「願祢的旨意成就。」

儘管，在羣眾裡發現了愛子，她卻苦於無法接近他；

「願祢的旨意成就。」

儘管，她託人告訴愛子她的居所，而愛子卻只回應說：「我的母親和我的兄弟時刻都與我同在。」

「願祢的旨意成就。」

儘管，到了最後，當每個人都逃跑了，只有她和另一個人站在十字架底下，忍受著愛子之敵的嘲笑，以及愛子之友的懦弱。

「願祢的旨意成就。」

願祢的旨意成就，我的神。因為祢知道子民心中的弱點，因而祢只給每個人一份他挑得起的擔子。但願祢能了解我的愛，因為它是我唯一真正擁有的，也是我唯一能負載著，直到來世的。請讓它能夠是勇敢且純潔的，請讓它通得過世上一切的考驗。

樂聲停止，太陽已經西沉——這二者似乎轄管於同一雙手；他的樂聲已成為一種禱詞，而他的禱詞已獲聆聽。我睜開了眼，發覺教堂中一片闃暗，只有一枝燭光映照著聖母的雕像。

我聽到腳步聲朝我坐的地方走來。燭光映照著我的淚，以及我的笑，儘管我的微笑或許不如聖母的微笑來得美麗，但它顯示著，我的心並未枯槁。

他凝視著我，而我也回視著他；我伸出了手，尋找著他的手，而後握著。他的心跳加速，我幾乎可以在一片寂靜中聽見它。

而我的靈魂卻是澄澈的，我的心無比平靜。

我握住了他的手，而他擁抱著我，在聖母跟前，我們不知站了多久，時間似乎靜止了。

聖母俯視著我們。她曾在少女時應允了她的宿命；她曾應允讓上帝之子孕育於她的子宮，也應允讓上帝的愛活在她的心中。她一定明白的。

我不再想要別的。單單這個教堂裡的下午，就讓整個旅程再值得不過了。和他在一起的這四天，已遠勝於之前空白的一整年。

我們手牽著手離開了教堂，走向投宿的地方。我的心思轉個不停——神學院、聖母，以及晚上我們即將參與的聚會。

而後，我明白，我倆都希望彼此的靈魂能交織成相同的宿命，只是，神學院和札拉哥沙卻橫在我倆的人生道上；想到此，我的心便揪了起來。我看著那些中世紀的屋子，以及前一晚我倆曾待過的那口古井，心裡不斷回想起之前的靜默、「另一個自己」帶來的傷感，以及先前的那個我。

*上帝啊，我已試著重尋我的信仰，但願祢別在我追尋的途中遺棄我吧！*我祈禱著，並且，決意將恐懼從心底推開。

他睡了一會兒，而我則一直醒著，望著漆黑的窗。之後，我們起床和屋主一家人共進晚餐，大伙兒安靜地吃著，直到他開口向屋主借鑰匙。

「我們今晚會很晚才回來。」他對女主人說。

「年輕人的確該好好瘋一下，」她回答說，「儘管享受這個假期吧！」

「我得問你一件事，」在我們又走向車子時，我說，「我曾極力想避開這個話題，但畢竟我還是得問個明白。」

「神學院？」他說。

*沒錯。我真是不明白，儘管這其實也已不重要了。*我想道。

「我一直都愛著妳，」他開始說，「我保留著那枚徽章，心裡想著，有一天我一定要把它還給妳，到那個時候，我必定已有勇氣告訴妳，我一直愛著妳。我所走過的每一條路，都領著我回來找妳；我不斷寫信給妳，收到妳的回信時，卻總是提心弔膽，深怕妳會告訴我，妳已找到妳所愛的人了。

「那時，我同樣感受著宗教的召喚，或者，更正確地說，我接受了它的召喚，因為自孩提時，這種召喚便開始了，那時，妳必然也曾領受過它。我發覺，上帝的確在我的生命中扮演著重要的角色，如果不接受祂的召喚，我無法感到喜樂。旅程中，在我遇見的每個窮人臉上，我都看見基督的臉，這讓我無法拒絕。」

他停了下來，而我決定不催迫他往下說。

過了二十分鐘，他停下了車，我們走出車外。

「這兒是盧德。」他說。「妳該在夏天的時候來。」

現在，我舉目所見的，只是荒涼的街道，以及閉鎖的商店，旅館的門口甚至釘上了木條。

「夏天時，會有六百萬人來此。」他熱切地說著。

「在我看來，這真像個鬼城。」

我們走過一座橋，停在有著天使分立兩旁的巨大鐵門前，其中一扇門仍敞開著，我們於是走了進去。

「繼續說，」儘管我心裡並不打算追問下去，不過仍淡淡地說，「告訴我，你在人們身上看到的基督的臉。」

我明白他並不想繼續這個話題，或許時間和空間都不對。不過，既然提了話頭，他就該把它說完。

我們走在一條寬敞的大道上，路兩旁滿是積雪，在路的盡頭，隱約可以看到一座教堂的側影。

「繼續嘛。」我又說。

「妳已經知道了啊，我進了神學院。在第一年裡，我請求上帝幫助我，將我對妳的愛轉化成對眾人的愛；到了第二年，我感覺上帝聽到了我的話，正協助我那麼做；第三年時，儘管我對妳的愛依然強烈，但我確信，我的愛已轉向世人，我虔心行善、禱告，幫助需要幫助的人。」

「那麼，你為什麼要來找我？為什麼又再度引燃這份愛？為什麼要告訴我『另一個自己』的練習，要我去看我生命中的暗影？」

我的聲音聽起來充滿不安，且微微發顫。每一分鐘的逝去，都讓我感覺他更接近神學院，與我愈行愈遠。

「你為什麼要回來？為什麼直到今天，你知道我已開始回應你的愛，才把事情告訴我？」

他並未直接回答我。而後，他說：「因為妳會認為，這很笨。」

「我不會這麼認為的。我不會再為一些看起來可笑的事擔憂了，你已經教會我這些了。」

「兩個月前，我的前輩要我和他一起去一個女人的房子，這個女人已經過世了，她把所有的財產都捐給了神學院。她就住在聖莎文，我的前輩正準備要將她的財產列成清單。」

我們逐漸接近路盡頭的那座教堂，我的直覺告訴我，一走到那兒，我們的對話必會被打斷。

「別停下來，」我說，「你應該給我一個解釋。」

「我還記得我一踏進那個房子時的情景。它的窗子都朝向庇里牛斯山，陽光熾烈，在雪的反照下，光線變得更為強烈。我開始為屋裡的東西列出明細，但幾分鐘之後，卻停了下來。

「我發覺，這位女士的品味與我完全一樣。她買的唱片是我一定會買的，當我望著窗外的美好景致時，我想我一定也會想到聆聽那些音樂的。她書架上所有的書，都是我曾經讀過，或即使還沒讀過，卻有興趣要讀的。看著屋裡的家具、牆上的畫，以及她所有的器物，我覺得，那一切彷彿都出自我之手。

「從那時開始，我一直忘不了那個屋子。每次到教堂去做禱告時，都發覺我對俗世的眷戀並未徹底斷絕。我想像著，能和妳一起到那屋子去，在壁爐中燃上柴火，一起凝望窗外山巔上的白雪。我想像著我們的孩子繞著屋子嬉戲、奔跑，在聖莎文的田野中成長。」

儘管我不曾看過那房子，但卻幾乎想像得出它的樣子。我甚至希望他能不再多說，讓我可以做點夢。

不過，他繼續說著。

「接下來的兩個星期，我已無法再忍受我靈魂深處的傷感。我去找了前輩，告訴他我的感受、我對妳的愛，以及在整理清單時我心中的渴望。」

天空飄起了微雨。我低下頭，拉緊外套，忽然間不想再聽他說下去。

「我的前輩說：『服侍上帝的辦法很多，如果你覺得那是你的宿命，就朝它而行吧。一個快樂的人才能為別人創造快樂。』

「『我不知道那是否是我的宿命。』我對前輩說。『進入神學院時，我的心中充滿了平靜。』

「『那麼，到那兒去，將心中所有的疑慮解除吧。』他說。『你可以留在那個世界，也可以回到神學院來，不過，一旦做了決定，就要全心投入；分裂的王國是無法抵禦強敵的，而一個分裂的人也將無法尊嚴地面對生命。』」

他從皮夾中掏出了一件東西，並且把它交給我。那是一把鑰匙。

「前輩把那個房子的鑰匙借給了我，他說，他會過一陣子才去處理那個房子。

我明白，他希望我重回神學院去。然而，他也是為我安排那場馬德里佈道會的人，正因他的安排，我們才得以重逢。」

我看著手上的鑰匙，露出了微笑。在我的心中，鈴聲響起了，天堂之門正朝我而敞開。他可以以另一種方式服侍上帝——在我的身邊。因為，我已決意要爭取這個可能。

我將鑰匙放進了我的背包。

教堂在我們眼前浮出。在我說話之前，已有人認出了他，向我們走來。天空仍飄著細雨，我不知道我們還要走多久，我並沒忘掉自己只有一套衣服，我可不想把衣服淋個溼透。

我專心想著這個問題，而不願多想房子的事，畢竟，這件事是懸在天與地之間的，只有等待命運之手才能解決。

他將環繞著我們的朋友，一一介紹給我認識。他們問起我們住在哪兒，他回答是聖莎文，有個人便說起了聖莎文隱士埋骨於該地的事。正是聖莎文隱士發掘了廣場上的那口井，村中的教堂曾經收容了不少自城市來到山區朝聖的異鄉人。

「他們仍活著。」另一人說。

我不知道這故事是否是真的，也不知道他所說的「他們」是誰。

另一些人也來了，這羣人於是走向洞穴的入口。有位老人想以法文告訴我一些事，不過發現我不懂法文後，他開始用蹩腳的西班牙文與我交談。

「妳正和一位十分特別的人在一起，」那位老人說道，「這個人有能力創造神蹟。」

我一語不發，不過，卻想起在畢爾包的那一夜，有個人費勁前來找他。他後來並沒告訴我他去了哪裡，我也沒問。

而今，我寧可想著那個屋子。對我而言，至少我可以清晰地想像著那屋子的一切，那屋裡頭的書、景致，以及家具。

在這世界的某個角落，有一個家正等待著我們。在這個家，我們的子女將得到無微不至的照料，放了學就會回來，為這個家帶來無數笑語。

我們靜靜地走在雨中，一直走到那個聖母瑪麗亞曾經顯靈的地方。那兒與我想像的不謀而合，不論是洞穴、聖母的雕像，以及那以玻璃保護著的噴泉，這座噴泉曾創造了無數奇蹟。

很多朝聖者正在禱告，還有一些人闔眼靜靜坐在洞穴裡；入口處有一條小河，河水聲讓我感到平靜。當我看到聖母像時，我簡短的禱告，祈求聖母能幫助我，因為我的心一點也不想再受磨折了。

如果必得承擔痛苦，但願它提早降臨，因為我有長長的一生要過，我需要以最好的方式走完我的一生；如果他必須做出決定，讓他現在就抉擇吧，那麼，我就能選擇等待他，抑或遺忘他。

等待是一種痛苦。遺忘也是。只不知道這兩種痛苦孰輕孰重？

在心底深處，我感覺，聖母已聽到了我的懇求。

一九九三年十二月八日

星期三

1993.12.8

當教堂的午夜鐘聲響起時，我們周圍已聚攏了約一百人，其中有些是教士，有些是修女，大伙兒站在雨中，凝視著雕像。

「萬福瑪麗亞！我們的聖母！」

鐘聲才剛停止，靠近我身旁的一個人便喊道。

「萬福瑪麗亞！」每個人都齊聲應和，同時還間雜著鼓掌讚許聲。

一名警衛立即走向前來，要我們安靜，因為我們干擾了其他的朝聖者。

「不過，我們可是打老遠來的。」羣眾裡有個人說。

「他們也一樣啊，」警衛說，用手指了指那羣靜靜在雨中祈禱的人，「你看，他們只是靜靜地禱告。」

我只想單獨和他在一起，遠遠離開這個地方，握著他的手，告訴他我的感覺。我們得多談談那個房子、我們的未來，以及我們的愛。我想再次讓他確信，我對他的情感是多麼強烈，讓他明白，他的夢想必能實現——因為我一定會站在他身旁，協助他。

警衛走了，一位教士開始低聲誦起《玫瑰經》。誦完經之後，每個人都靜默下來，並且閉上了眼。

「這些人是誰？」我問。

「聖神同禱會的信徒。」他回答說。

我曾聽說過他們的名號，但卻從不清楚它的意思是什麼，他顯然猜得出我對此並無所知。

「這些人是接受了聖靈之火的人，」他說，「這火是耶穌傳下來的，不過只有極少的人懂得用它去點燃心中之燭。而這些人和基督精神的原初真義十分接近，當時每個人都有能力展現神蹟。」

「他們是由穿著陽光之衣的女子導引的。」他望向聖母說。

這羣人開始靜靜地吟唱聖詩，彷彿接受了無形的指揮。

「妳冷得發抖了，其實妳可以不參加的。」他說。

「你要留在這兒嗎？」

「是的，這是我的生命。」

「那麼，我也要參與。」我回答說，儘管我心裡較想遠離此地。「如果這是你的世界，那麼我就想試著進入其中，成為它的一部分。」

這羣人繼續唱著，我閉上了眼，試著跟他們一起唱。儘管我並不懂法文，但還勉強跟得上，唱歌似乎讓時間過得快一些。

我心想，這個聚會總有結束的時候；那時我們倆就能回到聖莎文去。

我機械式地唱著，不過，慢慢地，樂聲彷彿有了生命般，逐步掌控著我。一如受了催眠，我漸漸不感覺冷了，也不再被雨煩擾。樂聲讓我的感覺變得好些，引領我回到從前，那時，上帝與我接近得多，總給我許多協助。

正當我即將完全降服於樂聲之中時，它卻停了。

我睜開眼，這一回，不是警衛，而是一名教士，他走近我們之中的另一名教士，他們悄聲密談了一會兒，那位教士便走了。

我們這個團體的教士轉身向我們說：「我們得到河的彼岸去做禱告。」

我們靜靜地走過聖穴前方的橋，到對岸去。那兒更美，河岸邊滿是林木及廣袤的田野。這條河正好把羣眾一分為二，從我們這岸，可以清楚見到燈光映照下的聖像；在這兒，我們可以高唱聖歌，不必擔心會吵了別人。

身邊的人開始大聲唱起聖歌，他們仰起臉，微笑著，雨珠不斷滴在他們的頰上。有幾個人舉起雙臂，很快地，每個人都起而效尤，跟著樂聲舞動雙臂。

我想加入其中，不過，也想跳脫出來，了解他們行動的意涵。我身旁的一位教士用西班牙語唱著聖歌，我試著跟他唱，禱詞的內容是祈求聖靈和聖母能夠顯靈，將祂們的祝福及力量帶給在場的每一個人。

「但願上天能賜予我們言語的能力。」另一位教士分別以西班牙語、義大利語及法語重複著這句話。

接下來的事則奇特難解，每個人以一種我從未聽過的語言說著話，聽起來像在演說似的，話語的內容似乎是直接來自靈魂深處，聽得人滿頭霧水，不知所言為何。我想起我倆在教堂裡的對話，那時他曾提過天啟，說到所有的智慧皆來自傾聽自己靈魂的聲音。我想，或許這羣人所講的正是天使的語言，儘管覺得有些荒誕可笑，我卻想要仿效他們。

每個人都望著對岸的聖母像，看起來，他們都陷進了一種狂熱；我的目光梭巡著他，發覺他站得離我遠了些，雙手正迎向天際，快速地喃喃自語著，彷彿正與聖母對話；有時他微笑著，彷佛正領受了什麼似地點著頭，神情不時充滿驚歎。

這是他的世界，我想。

眼前的景象讓我開始害怕起來。在我身旁，這個我想與他廝守終身的男人告訴我，上帝是男性，也是女性；現在他正說著我聽不懂的語言，處於狂熱中的他，似乎和天使比和我更為接近。山中的屋子開始愈來愈不真實，彷彿它已成為遭他遺棄的塵世中的事物。

從馬德里那場佈道會開始，我倆相聚的這幾天恍如一場夢，一場在我生命之外的時空裡的旅程；儘管這場夢顯得如是真實，有著具象的場景，有著愛戀及新的體驗。我曾努力抗拒，而今我才明白，愛是如何輕易就能在我的心上燃起火花；初始時，我曾試著拒絕一切，而今，既然已經愛了，我想我會懂得如何駕馭愛情。

再次環顧周遭，我忽然察覺，這並非我以前在學校裡學過的天主教；這也不是我曾認識過的那個我生命中的男人。

*我生命中的男人！多陌生啊！*我自言自語著，對這個念頭感到十分驚訝！

在河的對岸，望著那個聖穴，我感到恐懼與嫉妒。恐懼是由於這一切對我而言，全是新的，而新事物總令我生畏；嫉妒則因為，漸漸地，我可以感覺他的愛比我以為的要偉大得多，而且遍布在我從不曾走過的地方。

原諒我吧，聖母。原諒我是這樣的自私而小心眼，竟然為了爭取這個男人的愛，而與祢較量。

不過，如果他聽到的天命並非是與我在一起，而是得自塵世中隱遁，鎖入神學院中與天使對話，一切會如何？他何時會從我們的屋子逃開，回到他應走的道路上？他能違抗天命多久？就算他永遠不回神學院去，那麼我得付出多少代價，才能讓他不去走那條路？

除了我以外，每個人似乎都專注於他們的禱告。我望著他，看見他正說著天使的語言。

突然間，平靜與孤獨取代了恐懼與嫉妒，天使開始和我的心對話，原來的自己被擱在一邊了。

不知是什麼力量，讓我開始說起那奇怪的語言。或許由於我強烈地希望能與他有所共鳴，想將我的感受告訴他；也或許是因為，我的心有這麼多的疑惑，正等待著答案，我必須和自己的靈魂展開對話。

我並不知該如何做，心裡為此感到可笑起來。然而，在我周遭，有著各種年齡的男男女女，他們是神職人員或一般大眾，新信徒或修女，學生或老師，這些人給了我勇氣，鼓舞我去尋求聖靈的力量，以克服心中的恐懼。

試吧，我對自己說。妳所該做的只是張開口，鼓起勇氣說出那些妳所不能理解的事。放手一試吧！

我祈禱著，在長日之後的這一夜是如此漫長，讓我甚至不知它啟自何時，只盼望這一夜能夠蒙獲聖靈的啟示，為我的生命開展新頁。

上帝必定聽到了我的祈禱。言語開始變得容易了些，慢慢地，話語失去了日復一日的慣常意涵。我原本的羞澀消失了，信心增加了，語彙則更自在地從口中流出；儘管我的理性無法確知自己話語的意義，但我的靈魂卻明白。

有勇氣說出這些心事，讓我變得滔滔不絕起來，我感到暢快，一點也不覺得有必要為自己的舉動尋求解釋；這種自由感讓我覺得自己彷彿置身天堂，因為只有在那兒，人們會原諒一切，不會讓你有遭到遺棄之感；一種偉大的愛再度環繞著我。

我的信仰再度回來了，我想，心中因為愛所帶來的奇蹟感到讚歎。我彷彿正坐在聖母的懷抱裡，任由她的白袍覆蓋著我，溫暖著我。奇異的語彙在我唇間流動得更加快速了。

不知怎的，我開始哭泣起來，喜悅充塞著我的心，這種喜悅遠比我的恐懼更為有力，也比我想掌控自己生命的企圖更為頑強。

我明白，我的眼淚乃是一種上天的禮物。在學校時，修女曾說，使徒們會因極致的喜悅而哭泣。我睜開眼，凝視著漆黑的夜空，感到淚水正與來自天上的雨絲交融為一。大地生生不息，從天而降的雨露帶來了造物主的奇蹟，我們全都是這奇蹟的一部分。

上帝也是女性，這是多麼奇妙！當其他人仍繼續禱告時，我自言自語著，一定是上帝女性的那一面，教給人們如何去愛。

「讓我們八個人一組，圍成一圈，一起禱告吧！」一位教士分別以西班牙語、義大利語及法語說道。

再一次地，我感到混沌。怎麼回事？有個人走了過來，將他的手臂搭在我的左肩上；另一個人過來，將手臂搭在我的右肩上，就這樣，八個人圍成了一圈，每個人都將手臂搭在夥伴的肩上，而後我們彎身向前，觸碰著彼此的頭。

看起來，我們像一個肉身帳篷。雨下得更大了，但沒有人在乎。我們維持著這樣的姿勢，將所有的精力與熱情聚攏在一起。

「但願無玷始胎的教義讓我的孩子找到他應走的路，」在我右邊的男子說，

「各位，請為我的孩子一起說聲：『福哉，瑪麗亞！』」

「阿門！」每個人同聲地說。我們八個人禱祝著：「福哉，瑪麗亞！」

「但願無玷始胎的教義能夠照亮我的心，讓我重獲健康，」我們這一圈裡的一位女士說，「讓我們齊聲說：『福哉，瑪麗亞！』」

再一次地，我們說了聲：「阿門！」而後為她禱告。每個人都分別許了願，每個人也都為其他人同聲禱告。我對自己感到訝異，因為我竟然會像個孩子般地虔心禱告，也像個孩子一樣，相信我們的祈禱會得到應許。

我們這組人靜默了一秒鐘，我明白，輪到我要許願了，在其他的情況裡，我一定會為此感到羞赧欲死，一句話也說不出來。然而，此時我感到神的存在，祂給了我信心。

「但願無玷始胎的教義教導我，能夠像她愛世人般地去愛人，」我終於說，「但願愛在我的心中，也在我所愛的男人心中滋長。讓我們說聲：『福哉，瑪麗亞！』」

我們一起禱告著，我再度感到一種自在。這麼多年來，我一直與自己的心交戰著，因為深怕會陷入憂傷、苦痛之中，也恐懼遭到別人的背棄；然而，現在我明白，真愛是超越一切的，若不能愛，生命便不具意義。

我總以為，那人有愛的勇氣，但我卻沒有。不過，現在我發覺自己竟也能夠去愛。就算愛意味著別離、孤寂或憂傷，它也值得我付出一切。

我必須停止胡思亂想，專心禱告。

帶領這個團體的教士要我們散開手，為生病的人禱告。每個人繼續唱著聖歌，禱告著，甚至在雨中起舞，讚美上帝及聖母瑪麗亞。時不時有人又說起了那奇特的語言，舞動起雙臂，迎向天際。

「有人在這兒……有人有個生了病的媳婦……請相信，她正得到救治。」一個女人哭喊著說。

禱告又重新開始了，其中伴隨著充滿了喜樂的聖歌。我們一直能聽到那個女人的聲音。

「我們這裡頭有人近來失去了母親，務必要堅定信仰，明白她正浸浴在天堂的光輝裡。」

後來，他告訴我，這個女人有預言的能力，的確有人能夠知覺在未來的某個時空即將發生的事。

在我心底，我也祕密地相信著那個聲音所具有的力量，相信它正傳播著神蹟。我真希望那個聲音能提及，這個團體裡，有兩個人將真正相愛；真盼望它說，這份愛已得到所有的天使以及所有的聖者，包括上帝及聖母的祝福。

我不知道儀式究竟進行了多久。人們持續地唱聖歌、說著那奇特的語言；他們向上伸展著手臂，婆娑起舞，為周遭的人祈禱，懇求奇蹟的降臨。

最後，主持這項儀典的教士說：「讓我們為那些首次參與儀式的人禱告。」

顯然，我並非唯一的一個，這讓我覺得好過些。

每個人都做了一個禱告，這一回我只傾聽，祈求大家的祝禱。

我需要好多的祝福。

「讓我們接受祝福吧。」那位教士說。

羣眾轉身朝向河對岸那燈火通明的聖穴，教士做了許多祈禱，祝福在場的每一個人。之後，每個人彼此親吻，祝福對方「有個快樂的無玷始胎日」！接著便分道揚鑣了。

他走向我，臉上顯得比平常快樂許多。

「妳全身都溼透了！」他說。

「你也是！」我大笑。

我們走回車子去，開車回到聖莎文。我曾那樣渴盼這個時刻的到來，不過，當它真的來臨時，我卻不知該說什麼。我無法讓自己去談山間那幢房子，這個儀式，那奇特的語言，或是集體的祝禱。

他正活在兩個世界裡，不過，這兩個世界總是會在某處交會的，我得去找到那個地方。

只是，在那個時刻，言語並沒有用。

只有在愛的行動裡，才能找到愛。

「我只剩下一件毛衣了。」回到房間裡，他說。「妳可以穿上它，明天我再另外去買一件。」

「我們可以把溼衣服放在暖氣機上烘，明早就會乾了。不管怎麼樣，我還有件昨天才洗的罩衫。」

接下來的幾分鐘，我們忽然相對無語。

衣服。赤裸。冷。

終於，他從行李裡拿出另一件襯衫。「妳可以把這件當睡衣穿。」他說。

「好啊！」我回答。

我熄了燈。在黑暗裡，我脫下溼透了的衣衫，把它攤平在暖氣機上，並將暖氣開到最大。

窗外街燈透進了微光，他必然能藉之勾勒出我的側影，知道我正赤裸著身子。我將自己滑進了那件襯衫，然後爬進被窩。

「我愛妳。」我聽到他說。

「我正學著如何去愛你。」我說。

他燃起了一枝菸。「妳認為那個時刻何時才會到來？」

我知道他話裡的意思，於是走下了床，坐到他的床沿。

菸頭的紅光映照著我倆的臉。他握起我的手，靜靜坐了好一會兒；而我則輕輕撫弄著他的髮。

「你真不該問的，」我說，「愛是不必多問什麼的，因為如果停下來思考，我們就會讓莫名的、無以言喻的恐懼吞噬了心靈。或許是害怕成為笑柄，或許是害怕遭到拒絕，或許是害怕受到詛咒。儘管這似乎荒誕無稽，但人就是會這樣。這就是為什麼不必多問，只要去做就好。正如你常說的，我們得甘冒風險。」

「我知道。以前我從不曾提這問題的。」

「你已擁有了我的心，」我告訴他說，「明天或許你就會離我而去，不過，我們總是會記得這幾天所經歷的一切。我認為，上帝正以祂女性的智慧，將地獄藏在通往天堂的途中，這樣，我們才會一直保持警醒，在經歷溫情的喜悅時，不致忘記苦痛的存在。」

他雙手捧起了我的臉。「妳學得真快。」他說。

我對自己感到訝異。不過，有時候一旦你感到自己體會了什麼，你真的就能迅速地了解它。

「我希望你不會覺得我很難接近，」我說，「我曾和不少男人在一起過。我也曾和一些我認識並不深的人發生關係。」

「我也算是妳不怎麼認識的人。」他說。

他試著讓聲音聽起來自然，然而，從他的撫觸裡，我知道他不想聽我說這些。

「不過，從今早開始，我覺得自己又重新發現了愛的存在。你毋須費力了解我的話，因為恐怕只有女人才能了解這一點，而且，要了解這點是很花時間的。」

他撫弄著我的臉頰，我輕輕地在他唇上吻了一下，轉身走回我的床去。

我不確知自己為什麼這麼做。是想以退為進，抑或真的想讓他自由？無論如何，經過這長長的一天，我已無力再多想什麼。

對我而言，這一夜是再平靜不過的了。在某一瞬間，儘管仍睡著，我卻似乎無比清醒，寤寐之中，聖母好像正抱著我輕搖，而我好像早已認識了她。我感到自己被保護著，被愛著。

七點時，我醒了過來，因為房間被暖氣烘得太熱了，我想起自己為了烘乾衣服，而把暖氣開得太大了。

天仍暗著，我躡手躡腳地下了床，希望不致吵到他。

然而，當我起身時，卻發覺他不在房裡。

我開始心慌起來，另一個自己立刻醒了過來，對我說：「瞧，妳愛上了他，他就不見了。所有男人都是這樣。」

隨著時間過去，我的焦慮愈深了起來，但還不致失控就是。「我仍在這裡。」另一個自己說。「妳讓風改變了方向，吹開了心門，如今，愛情正要將妳的生活吞沒。如果我們行動加快，或許還能重新掌控生活。」

我得實際些，得預先提防。

「他走了，」另一個自己說，「妳得離開這個哪兒也不是的地方。妳在札拉哥沙的生活仍是完好的，在妳失去那辛苦掙來的一切之前，趕快回到那兒去吧！」

他一定有什麼好的理由要這麼做的，我想。

「男人總是有理由的，」另一個自己說，「但事實是他們總是想加速逃離。」

好吧，那麼，至少我得想想該如何回西班牙去。我得讓腦袋清楚一點。

「就從最實際的事情著眼吧：錢。」另一個自己說。

我一毛錢也沒有。我得下樓去，打個讓對方付費的電話給父母，請他們把旅費匯給我。

不過，今天仍在放假，至少要到明天，我才能收到錢。我要如何度過今天？而我又該如何向房東解釋，得過幾天才能付房錢給他們？

「最好先不吭聲。」另一個自己說。

好吧，這點她較有經驗，知道如何處理這種情況；她不是個被情感沖昏了頭的女孩，而是一直清楚自己要在生命中追求什麼的女人。我應該繼續住著，彷彿他本來就是會回來似的，等到錢匯來之後，就能把房錢付清，然後離開。

「很好，」另一個自己說，「妳又回復從前的樣子了。別難過，總有一天，妳會找到另一個男人的，另一個妳不必冒太多風險就能去愛的男人。」

我將衣服從暖氣機上拿起，已經全乾了，我得在附近的村子裡找到一家銀行，打電話回家，做好萬全的準備。

如果我把心思放在這些事情上，就沒有時間流淚、後悔。

之後，我看到他留的字條，上頭寫著：

我去神學院。整理妳的行囊，因為今晚我們就會回西班牙去。下午的時候，我就會回來。我愛妳。

我將紙條緊緊的抓在胸前，感到既難過又快樂。我發覺，另一個自己又銷聲匿跡了。

我愛他。隨著每一分鐘的逝去，我的愛便又增加了一分，並且正悄悄改變著我。我再度對未來感到有信心，而且漸漸恢復我對上帝的信仰。一切全因為愛。

我不再和心底那幽暗的一面對話了，我向自己保證，要將另一個自己永遠鎖在心門之外。從三樓墜下，和從一百樓墜下，是一樣痛苦的。

如果我終究得墜下樓去，那麼，且讓我從高一些的地方墜下吧。

「別空著肚子出門啊。」那個女人說。

「我不知道妳會說西班牙語。」我有些驚訝地回答。

「邊界離這兒不遠，有很多從盧德來的遊客，如果不會說西班牙語，恐怕很難做生意。」

她烤了土司，並端了杯咖啡給我。我已準備要自己度過這一整天，雖然，我覺得一個小時彷彿像一年那麼久。真希望這份早餐可以讓我分點心。

「你們倆結婚多久了？」她問我。

「他是我第一個愛上的人。」我說。這就夠了。

「妳看到遠方的那羣山嗎？」女人繼續說。「我第一個愛人就死在那山裡。」

「不過，後來妳又找到其他的人了？」

「是的，而且我又找回了喜樂。命運真是奇怪：在我認識的人中，幾乎沒有人是與她的第一個愛人結婚的。而那些嫁了初戀情人的人總是說，她們缺少了某個十分重要的東西，未曾經歷過她們應該經歷的一切。」

她突然停了下來。「真抱歉，」她說，「我無意冒犯妳。」

「我沒有覺得被冒犯。」

「我常常看著廣場上的那口井。我想著，在過去，沒有人知道那兒有水，是聖莎文決定要挖掘它，而後找到了水源，如果他沒做這件事，這個村子就會往下移到河邊去了。」

「這和愛情有什麼相干？」我問。

「這口井讓許多人帶著他們的希望、夢想以及衝突，來到此地。當有人勇於尋找水源，並且找著了水源，人們就會聚居在水流經過之處。我以為，當我們勇敢地去找尋愛情，它就會讓我們知道它的存在，而後，我們會更勇於追尋更多的愛；只要有人真的愛上了我們，每一個人都會為我們所吸引；而若是沒有人愛上我們，我們就會變得愈來愈沒有人愛。生命就是這麼奇怪。」

「妳曾聽說過一部叫做《易經》的書嗎？」

「沒有，我從沒聽過這本書。」

「它裡頭說，城可以被移走，但井卻不能。是井讓愛人找到彼此，滿足心之所欲，建立家庭，扶養子女。不過，如果其中一人決定要離去，這口井卻無法帶著一起走。愛會留在那兒，儘管新的水仍會滿溢於井中，但新水並非舊水，那份愛已遭到遺棄。」

「親愛的，妳的話聽起來像是飽經滄桑的成熟女人所說的。」她說。

「不，我總是被警告性的話語嚇著，因而從未掘過一口井。不過，我現在正打算要行動了，我將迎向可能遭遇的風險。」

我覺得背包的小口袋裡有個東西，當我發覺它是什麼時，我的心中一陣涼意，於是快快地將咖啡喝完。

那把鑰匙。我有了那把鑰匙。

「城裡有個女人在過世之後，將所有遺產捐給了在塔爾布的神學院，」我問，「妳知道她的房子在哪兒嗎？」

那個女人打開門，指了路。它是廣場上一排中世紀古屋的其中一幢，在屋後可以自山谷遠眺羣山。

「兩個月以前，有兩個教士走進了那間屋子，」她說，「而且，」她停了停，遲疑地看著我說：「其中一個看起來很像妳先生。」

「的確是。」我回答說。那個女人站在門邊，充滿疑惑，而我則快速離去。我感到精神一振，很高興自己讓心底的那個孩子開了個玩笑。

不久，我來到那幢房子的門前，卻不知道該做什麼。大霧又起了，我覺得自己彷彿置身於一個灰色的夢中，在那兒，會有奇怪的精靈將我帶到更奇特的地方去。

我焦慮地把玩著那把鑰匙。

霧是那麼地濃，想從窗子望見遠處的山巒是完全不可能的。屋子裡一定很暗，不會有陽光穿透窗簾而來的。沒有他在我身旁，這屋子看來必定讓人傷感。

我看了看錶，現在是早上九點。

我得找點事做，好讓時間過得快一點，讓我能夠繼續等下去。

等待。這是我從愛裡學到的第一件功課。日子變得漫長了，你得做幾千個計畫，想像每一個可能的對話，保證讓自己有所轉變，但你卻愈來愈心焦，直到所愛的人終於出現。只是到了那一刻，你卻又不知該說什麼。等待的那段時間已變成了一種緊張，這種緊張又變成了恐懼，而因為恐懼，讓你怯於流露深情。

我不知道是否該走進去。我想起了前一天我倆的對話，這幢房子，象徵著我們的夢想。

不過，我無法站在那兒度過這長長一日。於是，鼓足了勇氣，緊緊握著那把鑰匙，我走向了屋子的大門。

「派拉！」

一個帶著濃重法國口音的聲音響自霧裡。我感到訝異，倒未被嚇著。我以為是房東的聲音，雖然我不記得我曾告訴他我的名字。

「派拉！」又一聲，這次近了些。

我回頭望向隱在霧中的廣場。有個人影疾走著，向著我而來。或許我想像中的鬼魂真的出現了。

「等一下，」那個人說，「我想和妳說句話。」

當他走近了些，我才辨識出他是個教士，看起來像是漫畫家筆下的神父：矮矮胖胖，快要禿了的頭上，有著斑白的頭髮。

「嗨！」他伸出了手，微笑著說。

我向他打了招呼，心裡卻感到驚訝。

「霧把一切都掩藏了起來，真是可惜！」他看著那房子說，「聖莎文是山間小鎮，從屋子向窗外看，景致是極美的。妳可以看見遠處的山谷，以及白雪皓皓的山峰；不過，或許妳早已對此有所聽聞。」

我想，這個人必定就是那個神學院的前輩。

「你為什麼會來這兒？」我問。「你怎麼知道我的名字？」

「妳要不要進去？」他說，試著想轉移話題。

「不！我希望你能先回答我的問題。」

他坐在街沿上，雙手交互搓揉著取暖。我也坐在他身邊，霧忽然間更濃了，連六十英尺外的教堂也看不見了。

我能看到的，只有那口井。我想起馬德里那位年輕女子的話。

「她出現了。」我說。

「誰？」他問。

「女神，」我回答說，「她就是這霧。」

「所以，他一定已告訴了妳那些事，」他笑著說，「噢，我比較喜歡稱她為聖母瑪麗亞，這是我熟悉的稱號。」

「你打算在這兒做什麼？你怎麼知道我的名字？」我又再問了一次。

「我來，是因為想看看你們兩個。一位聖神同禱會的成員昨晚告訴我，你倆在聖莎文，而此地是個小地方，不難找的。」

「他去了神學院。」

神父的笑容消失了。他搖了搖頭：「真糟！」他似乎在自言自語。

「你是說，他到神學院去是很糟的？」

「不，他並沒去那兒，因為我才剛從那兒來。」

有好一會兒，我一句話也說不出來。我回想起剛起床時的那種心情：錢，我該去進行的應變事宜，打電話給爸媽，還有車票。不過，我曾發誓要把另一個自己永遠趕出去，我不想毀了我的誓言。

我身旁坐著一位神父。小時候，我很習慣把什麼事都說給神父聽。

「我真是筋疲力盡了，」我打破沉默說，「不到一星期前，我才懂得自己是誰、這一生要追尋什麼；而今，我感到自己正受狂風暴雨襲打著，卻無能為力，什麼也不能做。」

「抗拒妳心中的疑慮，」神父說，「這很重要。」

他的忠告令我感到意外。

「別被嚇著了，」他彷彿懂得我的心情，繼續說道：「我知道，教會需要新的教士加入，而他無疑是上上之選，不過，他要付出的代價卻很高。」

「他在哪兒？他是不是離開我，回到西班牙去了？」

「去西班牙？他去西班牙做什麼？」神父說，「他的家在神學院，離這兒只有幾公里遠。他不在那裡，不過，我知道可以在哪裡找到他。」

他的話讓我又有了些喜悅及勇氣，至少，他並沒有遠離。

然而，神父卻收起了笑容。「妳別高興得太早，」他似乎能窺見我的心，繼續說道：「如果他真的去了西班牙，情況還比較好些。」

他站起了身，要我和他一起走。能見度不過幾碼之遙，不過，他似乎知道該怎麼走。我們沿著路走，離開了聖莎文。兩個晚上之前——感覺彷彿像是五年前，就在同一條路上，我聽他說著聖女貝爾娜德特的故事。

「我們要上哪兒去？」我問。

「去找他。」他回答說。

「神父，你真讓我感到不解，」一邊走著，我忍不住說，「當你說到他不在神學院時，心情似乎很難過。」

「告訴我，妳對神職人員的生活有多少認識，我的孩子。」

「很少，我只知道，神父立誓要固窮、守貞、順服，」我不知是否該繼續說，但決心說下去：「他們即使不能全然無罪，但卻能審判人們的罪；他們並未經歷婚姻生活，但卻似乎十分明白婚姻與愛情；他們以地獄之火要人們不要犯錯，但他們往往並不能免於犯錯；而且，他們還以上帝之名，像個復仇者似的，責難人們要為祂兒子之死負責。」

神父大笑說：「妳所受的天主教教育真是太好了。」他說。「不過，我並不是要妳談天主教，我所問的是妳對性靈生活的了解有多少？」

我停頓了一會兒，才說：「我不太懂。有好多人放下了一切，只為了要找尋上帝。」

「他們找著了嗎？」

「噢，這恐怕只有你才知道了，神父。我可不懂。」

神父覺察到我走得有些吃力，正喘著氣，於是便放慢了腳步。

「妳錯了，」他說，「想費力找尋上帝的人，不過是浪費時間罷了。就算他走了一千條路，加入無數的宗教或流派，也無法找到上帝。

「上帝就在這兒，就在此時此刻，就在我們身旁。從這大霧，從我們走過的路徑，甚至從我們的鞋子裡，都能見到祂。在我們沉睡時，祂的天使會照看我們，協助我們。要找到上帝，你只需要用心觀察身邊的一切。

「不過，要遇見祂並不容易。上帝愈是要我們體會祂的奧祕，我們就愈迷惑，因為祂總是要求我們依循自己的夢想，傾聽自己的心。然而，我們已習於某些特定的儀式或法則，卻很難以漫無目的的方式，找到上帝。

「令人意外的是，一旦我們依隨自己的心，最終就能發現上帝，明白祂是要人喜樂地生活，因為祂正如父親一般地，愛著我們。」

「祂也是母親。」我說。

霧開始漸漸散去。我可以看到一個女人在一間小農舍前，整理乾草。

「是的，祂也是母親。」他說。「追求性靈生活倒不一定非要進修道院、吃齋、守戒或是終身守貞，重要的是你得敞開心門，信仰上帝，真正接受祂。自此，我們就成為神的道路的一部分，成為神創造奇蹟的媒介。」

「他曾向我提起你，」我打斷他的話，「你說的這些，他都曾對我說過。」

「我希望妳能接受上帝的禮物，」他回答，「因為事情並非一直是如此的，正如歷史曾給人們的教訓，埃及的冥神歐西瑞斯（Osiris）曾遭溺水，且被分屍；希臘眾神曾為人類而戰；阿茲特克人曾驅逐羽蛇神（Quetzalcoatl）；維京的諸神親見唯哈拉（Valhalla）因為一名女子，被處以火刑而死；耶穌基督則被釘上十字架。為什麼？」

我並沒有答案。

「因為神到世間來，向人們展現祂的力量。我們皆是祂夢想的一部分，而祂所希望的這個夢想，是喜樂的。這樣，如果我們明白神創造人，是為了要人們得到喜樂，我們就得假定，所有讓人感到傷心、挫敗的事，都是咎由自取。那正是人們為什麼會以各種方式，例如以十字架、火刑、流放，或者僅是以我們的心，來處死上帝。」

「不過，那些了解祂的人……」

「他們正是改變這個世界的人，只不過代價往往極高。」

綑著乾草的女人看到神父，便朝我們跑來。「神父，謝謝你！」她一邊說，一邊吻著神父的手。「那個年輕人救了我丈夫。」

「救妳丈夫的是聖母瑪麗亞，」他說，「那個年輕人只是個媒介。」

「都是多虧了他。請進來吧！」

我想起前一晚發生的事。在我們到達那個天主堂時，有人告訴我，我正和一個能夠施展奇蹟的人在一起。

「我們正在趕路。」神父回答說。

「不，不，我們並沒有在趕路，」我用蹩腳的法文說，「我覺得冷，很想喝杯咖啡。」

那個女人拉起了我的手，走進屋子去。屋裡陳設簡單，卻有一種溫馨之感：石牆、木頭地板，以及陳舊的木椽。火爐前坐著一個約莫六十歲的男人，他一見到神父，就站起身，想親吻神父的手。

「別站起來，」神父說，「你還沒完全好呢！」

「我已經胖了二十五磅了，」他回答說，「不過，現在我還沒辦法幫我太太什麼忙。」

「別擔心。不用太久，你就會好起來的。」

「那個年輕人呢？」那個男子說。

「我看到他往平日常去的地方去了，」他的妻子說，「只不過，這次他是開車去的。」

神父望了我一眼，卻沒說什麼。

「替我們祈禱吧，神父，」那個女人請求，「他的力量……」

「聖母的力量。」神父糾正她說。

「聖母瑪麗亞的力量也就是你的力量，神父。是你將這力量帶給人們的。」

這一回，神父並未望向我。

「為我的丈夫禱告吧，神父。」那女人堅持著。

神父深深吸了一口氣。「站到我前面來。」他對那位男子說。

那個男子遵從他的話去做。神父閉上了眼，說了聲：「福哉，瑪麗亞！」而後，他喚起了聖靈，請祂能夠顯現，幫助眼前的這個男子。

突然間，神父快速地說起話來。儘管我聽不懂他說的內容，但猜得出那像是祈禱詞。神父將雙手搭在男子的肩上，然後又順著手臂下滑到指間，這樣的動作重複了幾次。

火爐裡的火開始嗶剝作響，看來很像是巧合，但似乎又讓我覺得神父走入了一個迷離難解的領域，而他可以對那其中的一切元素造成影響。

火的每一聲響都令我和那個女人感到驚詫，不過，神父對此卻絲毫不在意，只全神貫注於他的任務——做為聖母瑪麗亞的世間媒介。神父說著一種奇特的語言，語彙有如連珠炮般地迸出。而後，神父不再滑動他的手，而只將之擱在那名男子的雙肩上。

整個儀式的結束一如開始時一般快速。神父轉過身，說了聲平常的禱詞，在胸前畫了個十字。「但願上帝與這間屋子同在。」他說。

接著，他轉向了我，要我們繼續原來的路程。

「不過，你們還沒喝咖啡呢！」女人看到我們打算要走時說。

「如果我現在喝了咖啡，晚上就無法睡了。」神父說。

女人笑了笑，喃喃說著「現在才只是早上而已」之類的話，不過，我們已繼續上路了。

「神父，方才那女人提到，有個年輕人治好了她丈夫的病，那個人是不是就是他？」

「沒錯。」

我開始不自在起來。我記起了前一天的事，在畢爾包、在馬德里的佈道會，還有人們說到的奇蹟，以及祈禱時我自己感應到的神的力量。

我所愛的男人是個能代替上帝為人治病的人。這個人能幫助大眾，為人減輕痛苦，為病患帶來健康，為病患所愛的人帶來希望。而我卻是讓他分心的人，只為了追尋我想像中那幢有著白色窗紗、動聽唱片及喜愛的書的房子？

「別自責，孩子。」神父說。

「你可以窺見我的心。」

「沒錯。」神父說。「我具備那種能力，且試著善用它。聖母教導我如何洞察人類情緒的紛亂，才能盡可能地駕馭情緒。」

「你也能施展奇蹟嗎？」

「我沒法為人治病，不過，我具備另一種聖靈賦與的能力。」

「你能看穿我的心，神父。你知道我愛他，而這份愛與時俱增。我們一起發現了這個新世界，也一起駐留其中。不管我要或是不要，他都已出現在我生命中的每一天。」

對這位正走在我身邊的神父，我還能說什麼？他不會理解我曾有過別的男人，也曾談過戀愛；如果我已結了婚，我必然會很快樂；儘管當初只是個孩子，但我曾在索利亞的廣場上發現了愛的存在，而後又忘卻了它。

然而，現在看來，我並未忘掉我的初戀，僅僅是三天之久，它便排山倒海地湧回我的心中。

「神父，我有權喜樂的。我找回了過去所失落的，一點也不想再失去它。我要為我的喜樂奮戰，如果我放棄了，我一定也會失去我的信仰。如你所言，我一定會將上帝、我做為一個女人的力量，全都棄置一旁。神父，我是一定要為他而戰的。」

我知道身旁這位身材矮小的男人為何而來。他是為了要我離開他而來的。因為他身負重任，有更重要的事得完成。

不，我不會相信身邊的這位神父會希望我倆結婚，生活在像聖莎文那幢房子一樣的屋子裡。這位神父說的話只是想哄騙我罷了，他想讓我放下心防，然後讓我自願放棄。

他不發一言地讀著我的思緒；或者，他只是想愚弄我，其實他根本看不穿人心的。霧快速地散去，現在我已看得見山徑、山峰、田野以及覆了白雪的枝椏。我的情感也同時變得明晰。

天殺的！如果他能讀得出人的思緒，那麼就讓他看清我，看清一切的事！讓他明白，昨天他曾想和我做愛，而我當時拒絕了他，現在卻懊悔莫及！

昨天，我曾想，如果他必得離我而去，至少我還能認為我倆是童年好友。不過，這想法真是毫無意義！就算他沒有和我發生關係，某些更深刻的，深深觸動我心的事，早已改變了我與他。

「神父，我愛他。」我重複再說。

「我也愛他。然而，愛卻常常讓人做出蠢事。就拿我來說吧，它幫我努力想讓他擺脫他的宿命。」

「那必定很不容易，神父。對我而言，也同樣地不易。昨天，在聖穴做禱告的時候，我發覺我也具備了你所談到的能力，我想，我要以這些愛的能力讓他留在我身邊。」

「祝妳好運，」神父微笑著說，「我希望妳能如願以償。」

他停了下來，從衣袋中拿出《玫瑰經》，握著它，他注視著我的眼說：「耶穌基督並不希望我們立誓，而我也不打算那麼做，不過，在我所敬畏的神靈面前，我鄭重地告訴妳，我不希望他走上一般的神職之路，不希望他成為神父。他可以以另一種方式來服侍上帝——以留在妳身邊的方式。」

實在很難相信他的話是真的，不過，他真的是這麼想。

「他在那上面。」神父說。

我轉過頭去，不遠處有一輛車，正是那輛我們從西班牙開來的車。

「他通常都是走路來的，」他笑著說，「這一回，他想讓我們感覺，他走了一段好長的路。」

雪浸溼了我的球鞋，不過，神父穿著毛襪的腳上只穿著雙涼鞋，我決定不吭氣，如果神父忍受得住，我也可以。我們就這樣朝著山頂走去。

「要走多久？」

「不會超過半小時。」

「要去哪兒？」

「去找他，以及其他的人。」

我看得出他並不想多說什麼，或許他想集中心力來爬山，我們於是靜靜走著。霧現在已完全消散了，金黃色的太陽逐漸露了臉。

我第一次有機會俯瞰整個山谷；一條河穿過谷地，間或分散著些小村莊，以及聖莎文，它看起來彷彿浮貼在山坡上。我依稀辨識出教堂，之前我未發現到的公墓，以及沿河畔而建的中世紀古屋。

在我們下方不遠處，剛才經過的路上，一位牧羊人正照管著一羣羊。

「我累了，」神父說，「我們停一會吧。」

我們拍掉了一塊大石上的雪，靠在石頭上。神父正流著汗，而他的雙腳必定凍僵了。

「但願聖狄雅各幫助我保存體力，因為我仍希望再次走過他走的道路。」

我聽不懂他話裡的含意，於是打算換個話題。「雪地上有腳印呢！」

「有些腳印是獵人留下的；另一些則是想要重新體驗傳統宗教精神的男人或女人留下的。」

「什麼是傳統的宗教精神？」

「就是使徒聖莎文的精神，從塵世中隱遁，到深山裡去思索神的智慧。」

「神父，我很想弄明白一件事。昨天之前，我所愛的男人正徘徊於婚姻與宗教生活不能兩全的困境之中；到了今天，我才知道，這個男人天賦異稟，能夠讓奇蹟出現。」

「我們每個人都具備顯現奇蹟的能力，」神父說，「耶穌曾說：『即使我們的信仰小如芥子，但秉持著它對山喊著：『移動！』山也會應聲而動。』」

「神父，我並不想聽典故。我愛上了一個男人，我想更了解他，幫助他。我可不在乎誰能做什麼，誰不能做什麼。」

神父深深吸了一口氣，遲疑了一會兒，然後說：「有位在印尼研究猴子的科學家，教導一隻猴子在吃香蕉前，先到河邊洗香蕉；去掉了灰塵，食物會變得更好吃些。想要研究猴子學習能力的科學家，並不知道這麼做會導致怎樣的結果，因此，當他看到島上所有猴子都模仿那隻洗香蕉的猴子時，感到十分驚訝。

「之後，有一天，當這羣猴子學會洗香蕉後，鄰近其他列島上的猴子也開始這麼做了；最令人感到意外的是，其他島上的猴子並未曾與那個島上的猴子，有過任何接觸。」

他停了停。「妳明白嗎？」

「不。」我回答說。

「有許多相似的科學實驗也正進行著。最常見的解釋是，當某一羣人開始有所進化時，整個人類就開始進化。我們不知道需要多少人才能發生作用，但我們知道這就是事情發展的方式。」

「正如無玷始胎的故事一樣，」我說，「神蹟出現在梵蒂岡那些智者面前，也同樣出現在心智簡單的農夫面前。

「這個世界有它自己的靈魂，在某一個時刻，這個靈魂同時在每個人和每件事物上產生作用。」

「一個女性的靈魂。」

他笑了，不過卻沒說他為什麼笑。

「說到這，聖母瑪麗亞無玷始胎的教義，不只是梵蒂岡的事，」他說，「八百萬人曾經共同簽署了一份請願書給教宗，請他認證這個教義。簽署的人來自世界各地。」

「那是第一步嗎？神父。」

「妳的意思是？」

「讓人們認知聖母就是上帝女性那一面的化身的第一步；畢竟，我們都接受耶穌基督是上帝男性那一面的化身。」

「所以……？」

「要人們接受三位一體其中包括一個女性，得花多少時間？三位一體包括的是聖靈、聖母和聖嬰？」

「我們繼續往前走吧，站在這兒實在太冷了。」他說。「剛才，妳曾注意到我穿著涼鞋。」

「你讀得出我的心思？」我問。

「我想告訴妳一些關於我們這個教派的規定，」他說，「我們是聖衣會的神職人員，根據聖女德肋撒所制訂的法則，我們得光著腳。穿涼鞋正是故事裡的一部分，因為如果一個人能駕馭軀體，就是駕馭精神。

「德肋撒是個美麗的女子，她的父親送她到女修道院去，希望她能接受純潔的教育。有一天，她在走廊上開始與耶穌基督對話。她的喜悅又強又深，整個人完全沉浸其中，很快地，她的生命就完全改變了。她感到聖衣會修院和婚姻介紹所幾無兩樣，於是決定要創建新的規矩，將基督及聖衣會的源初教義再次恢復。

「聖女德肋撒得戰勝自己，得面對教會及政府當局等當時的強權，儘管十分艱難，不過，她決定繼續努力下去，因為她相信，她肩負著一個必須完成的使命。

「有一天，正當德肋撒感到自己的靈魂逐漸衰弱下來，一個衣著襤褸的女人出現在她住所的門前，那個女人想和德肋撒談談，不管談什麼都好。屋主給了女人一些錢，但她卻不肯接受；堅持要和德肋撒說完話之後，才願意離開。

「那個女人在屋外等了三天，不肯吃，也不肯喝。最後，德肋撒出於悲憫，招呼那個女人進屋裡去。

「『不，』屋主說：『那個女人是瘋子。』

「『如果我傾聽所有人的話，最後，我一定也認為自己是個瘋子，』德肋撒回答說，『這個女人有的那種狂熱，或許和我的，以及釘上了十字架的耶穌基督的狂熱，並無二致。』」

「德肋撒聖女曾與耶穌基督談過話。」我說。

「是的，」他回答說，「回到我們剛才的故事：這個女人被帶到德肋撒面前，她說，她的名字叫做瑪麗亞．狄．耶穌．耶皮斯（Maria de Jesus Yepes），從格瑞那達來的，是聖衣會的新信徒，聖母曾經顯現在她面前，要她遵循基本教義，創建一個女修道院。」

正像聖女德肋撒一樣，我想道。

「瑪麗亞．狄．耶穌在她出現之後的那天就離開了，光著腳走到羅馬去。她的朝聖之旅長達兩年之久。那段期間，不分寒冷或酷熱，她皆露天而睡，靠著人們施捨的錢維生。最後，她完成了心願，真是一個奇蹟；不過，更偉大的奇蹟是，教宗庇護四世接見了她。因為正如瑪麗亞、德肋撒和其他許多人一樣，教宗正思索著同樣的一件事。」

正像聖女貝爾娜德特並不知道梵蒂岡的決策，就像其他島嶼的猴子不知道同樣的實驗正在進行著，瑪麗亞和德肋撒也不知道別人正在計畫著什麼。

某些事對我而言，正開始有了意義。

我們正穿過一個森林。霧已完全消散了，覆蓋著雪的高高枝椏，正吸吮著第一道陽光。

「我想，我知道你這些話的用意，神父。」

「沒錯，在某個時刻，世上有許多人正同時接受同樣的指示：『依循你的夢想，改變你的生活，走上引領你接近上帝的道路，展現你的奇蹟。治病，預言，傾聽守護天使的話語，改變自己；成為戰士，在全力奮戰之時保持喜樂，勇於冒險。』」

處處都是陽光。雪映照著陽光，光線十分刺目。然而，在此同時，這景象似乎正支持著神父的話。

「不過，這些和他有什麼關係？」

「我已經告訴妳這個故事英勇的一面，不過，妳卻不了解這些英雄人物的靈魂。」

他停了下來。

「他們所受的苦，」他繼續說，「在變革的時刻，殉道者就誕生了。當一個人能追尋夢想時，其他人就得犧牲自己來成全他。他們得面對嘲弄、迫害，以及對於他們想要做的事的不信任。」

「將巫婆處以火刑的，正是教會，神父。」

「是的，羅馬當局還曾將基督徒送去餵獅子。不過，那些死於火刑或競技場上的人，很快就沐浴於永生的光輝之中，得到好的報償。

「而今，光之戰士所面對的處境，比當年那些殉道者的光榮死亡更要困難。他們正一點一點地被恥辱及揶揄吞噬，這正是德肋撒聖女終其餘生所承受的，也是瑪麗亞·狄·耶穌所承受的。而對於在葡萄牙的法提瑪見到聖母的快樂孩子而言，其中賈辛塔和法蘭西柯幾個月之前才死去，露西亞自從進了那個女修道院之後，就不曾再露面了。」

「不過，聖女貝爾娜德特的境遇卻非如此。」

「是的，沒錯。她終生都活在監禁、羞辱和人們的不信任之中。他必定已將此告訴了妳，也必定告訴了妳聖母顯靈的話語。」

「只說了其中一些。」

「在盧德聖母顯靈的話語中，聖母所說的句子半頁不到。不過，其中，聖母卻清楚向那女孩說：『我不保證妳在人世的喜樂。』她為什麼警告貝爾娜德特？因為她知道，貝爾娜德特一旦接下了她的使命，就有不少的苦痛正等著她。」

我看著陽光、雪，以及光禿禿的樹枝。

「他是革命性的人物，」他說，「他有那樣的能力，可以與聖母對話。如果他能集中心志發展他的力量，可能會成為人類性靈改造運動的領袖之一，這是世界歷史的一個關鍵時刻。

「不過，如果他選擇了這條路，那麼他也將面對一連串的苦難。神的啟示早已先人們的時代而出現，我很清楚人類的靈魂，明白他可以預見的事物。」

神父轉向我，握著我的肩：「請讓他自宿命的苦難及悲劇中走出吧。他恐怕無法自其中存活下來。」

「我能理解你對他的愛，神父。」

他搖了搖頭：「不，妳不會懂的。妳太年輕了，不明白世上的惡靈。就這一點而言，妳也視自己為一個革命性的人物。妳想和他一起改造世界，開展新的道路，讓你倆的愛的故事成為傳奇，世世代代流傳。妳認為，愛能戰勝一切。」

「噢，難道它不能嗎？」

「它能，但得在適當的時機——當天國的爭戰結束了之後。」

「不過，我愛他。我無法等到天國的爭戰結束了，才去爭取我的愛。」

他的目光望向遠方。

「我們在巴比倫河的河畔坐下，哭泣。」他彷彿自言自語似地說著。「我們把琴掛在那兒的柳樹上。」

「多麼傷感。」我回應著。

「這是〈詩篇〉裡某一首詩的前幾句，這首詩寫的是放逐，有一羣人想回到神的應許之地，卻難以如願；放逐仍要持續很長一段時間。對於在適當時機來臨之前就想回天堂的人，我能做什麼讓他免於受苦？」
「你什麼也不必做，神父。真的什麼也不必做。」

「他在那兒。」神父說。

我看見了他，離我兩百碼之遙，他正跪在雪地上。即使離了這麼遠，我仍看得出他光著上半身，皮膚凍得發紅。

他低著頭，雙手合握著禱告。不知道是否受了前晚那個宗教儀典的影響，抑或是那個整理乾草的女人給了我某種感動，凝視著他，我感到一種難以形容的精神力量，這個人彷彿已不屬於這個世界，而正活在天堂的光輝之中，與上帝交融為一，閃爍的雪光，似乎讓這景象更為動人。

「此時，有許多人和他一樣，」神父說，「持續地禱告著，和上帝及聖母對話，聆聽天使和使徒們的智慧言語及預言，再將一切傳示給一羣有信仰的人；只要這樣持續下去，就不會有問題。

「然而，他不會一直待在此城，他將漫遊世界各地，向人們傳播聖母的理念；教會當然還未準備好要這麼做，這個世界也有不少人拿著石頭，想對準第一個談論這個議題的人砸去。」

「然而，後繼者卻將得到人們鮮花以待。」

「不過，這將不會發生在他身上。」

神父開始走向他。

「你要到哪兒去？」

「想讓他從他的狂熱中走出。我想告訴他，我有多麼喜歡妳，我將祝福你倆。我想在這個對他而言無比神聖的地方，告訴他我的想法。」

我開始感到一種無名的恐懼。

「我得好好想一想，神父。我不知道這麼做究竟對不對。」

「這不會是對的，」他回答，「許多父母犯了大錯，認為他們知道什麼對孩子最好。我不是他父親，我也知道自己所做的是錯的，不過，我畢竟得完成我的使命。」

我愈來愈覺得焦慮。

「我們別打擾他吧，」我說，「讓他可以完成他的冥想。」

「他不應該在這兒的。他應該和妳在一起。」

「或許他正和聖母對話呢。」

「或許吧，不過就算如此，我們也得走向他。如果妳陪著我走過去，他就會知道我已把一切都告訴了妳。他就會明白我的想法。」

「今天是無玷始胎日，」我堅持著，「這天對他而言是很特別的，昨晚在聖穴邊上，我親眼見到了他的喜悅。」

「無玷始胎日對我們每一個人而言，都是別具意義的。」神父說。「不過，現在我不想討論宗教。我們去找他吧！」

「為什麼要現在？神父？為什麼非要在這個時候？」

「因為我知道，此時他正在決定自己的未來。而他可能做了錯誤的決定。」

我轉過身，開始朝我們方才走來的路而去，神父追在我身後。

「妳在做什麼？妳難道不知道，只有妳才能救他？妳難道不知道，他愛的人是妳，他願意為妳放棄一切？」

我加快了腳步，神父很難跟得上。不過，他還是努力走到我身旁。

「這是很關鍵的時刻，他正在做決定呢！他可能會決意離開妳！為了爭取妳的愛，妳非得奮戰不可！」

然而，我卻一步也不肯停下來。我走得再快不過，心裡只想逃開這羣山、這個神父，以及我得面臨的抉擇。我知道，在我身後追趕著的男子能讀穿我的心思，他明白要我回頭是不可能的，不過，他仍堅持著，爭辯著，打算奮鬥到底。

最後，我回到半小時前才經過的大石旁，筋疲力盡，整個人癱倒在石頭上。

我試著放鬆自己。我渴望能逃離這一切，一個人好好地想一想。

幾分鐘後，神父也追了上來，看起來和我一樣疲累。

「妳看到包圍著我們的羣山嗎？」他開始說，「它們並不會禱告，但卻是上帝的禱祝的一部分；它們已在這世界上找著屬於自己的位置，並在此地停駐；早在人們望向天堂、聆聽雷電、思索造物者是誰之前，這羣山就已屹立於此了。人們降生於世、忍受生之折磨、而後死亡，然而，山卻一直存在著，不曾消逝。

「這讓我們不免要想，生命一切的努力是否值得？為什麼不能像山一樣——智慧、古老、始終屹立不搖？為什麼要付出一切，想去改變幾個明知他們受教之後轉眼即忘，只想繼續趕向下一場旅程的人？為什麼不等到更多的猴子也學會了，讓智識自然地播散到其他島嶼去，一點也不必費力？」

「你真的這麼想嗎？神父？」

他沉默了好一會兒。

「不。如果這是你看事情的方式，你就不會選擇神職生活。」

「我曾多次試著想了解我的宿命，」他說，「但至今仍不得其解。我自認為是上帝派到人間的生力軍，致力於向人們解釋世間的悲哀、苦難及不義存在的緣由，希望人們成為好的信徒，然而，他們卻反問我：『世上有這樣多的悲苦，叫我如何相信有神的存在？』

「我試著解釋其實無可解釋的事，告訴人們，天使之間有著爭戰，人們只是被捲入其中，無法倖免；我試著說服他們，當某些信仰堅定的人終能改寫宿命時，世上其他人必然會因此而得到解救。他們並不相信這些，因而什麼也不做。」

「他們正如這羣山，」我說，「這羣山多麼美，所有看到它們的人，都會想到造物者的偉大；它們就如活生生的證據一般，顯示上帝對我們的愛，它們的宿命就是靜止不動，默默宣告一切；不像河水，它總是流動著，改變所流經的地域。」

「是的，不過，為什麼不要像山那樣呢？」

「或許因為山的宿命太可怕，」我回答，「它們注定要永遠望著同一片土地。」

神父一言不發。

「我原來正試著要成為一座山，」我繼續說著，「我已把一切都處理妥當，打算在家鄉找個工作，結婚，將父母信仰的宗教繼續傳給我的子女——儘管我自己不再信仰它。不過，現在我卻決定將這些計畫置諸腦後，只為了能和我所愛的人在一起。放棄成為一座山是件好事，我想，畢竟我不太可能持久過那樣的日子。」

「妳的話很有智慧。」

「我自己也感到訝異。之前，我能談的東西不過是童年往事罷了。」

我站起身，沿著小徑走回原來的路。神父似乎不願打破我的靜默，因而一路上並未與我交談。

到了大路上，我握著神父的雙手，親吻了一下：「我要和你道別了，不過，我想讓你明白，我理解你的想法，也理解你對他的愛。」

神父露出了微笑，給了我他的祝福。「我也了解妳對他的愛。」他說。

那天剩下來的時光，我待在山谷裡玩雪，又走到靠近聖莎文的小村去，吃了一個三明治，看著幾個小男孩玩足球。

在村莊中的一個教堂裡，我點了枝蠟燭，闔上雙眼，用前晚學到的方式向神祈求。而後，注視著祭壇上的十字架，我開始喃喃自語，漸漸地，某種能力掌控了我，一切比我所以為的要容易得多。

或許這看來很蠢，喃喃一些不具意義的話語，對於理性毫無助益；然而，當我們認真這麼去做，聖靈卻能與我們的靈魂對話，說著靈魂有必要傾聽的智慧之言。

當我感到自己的心完全澄澈，便再閉上雙眼，虔誠地祈禱。

聖母啊，請讓我重拾信仰；請讓我也成為祢造物的工具；請讓我有機會自我的愛中學習，因為愛從未曾將任何人趕離他們的夢想。

但願我能成為我的愛人的伴侶及同志，但願我倆能攜手完成一切該完成的事——同心協力去完成。

回到聖莎文時，夜已幾乎降臨了。那輛車正停在我們投宿的房子門前。

「妳到哪兒去了？」他問。

「散散步，還有禱告。」我回答。

他給了我一個擁抱。

「一開始，我真害怕妳走了。妳是我這世上最寶貴的東西。」

「對我而言，你也是。」我回答說。

當我們到達聖·馬丁·狄·烏克斯附近的一個小村時，已經很晚了。由於前一天的雨和雪，要橫越庇里牛斯山所花的時間比我們預定的要長了些。

「我們得去找家還沒打烊的店。」他爬出車外，說：「我餓了。」

我卻動也不動。

「來吧！」他堅持著，並且打開了我這邊的車門。

「我想問你一個問題——一個從我們再次相逢之後，我一直沒問的問題。」

他變得嚴肅兮兮的，而我卻為此而笑了起來。

「那是個很重要的問題？」

「很重要，」我回答說，想讓自己看起來正經一點。「那就是：我們要到哪兒去呢？」

我們都笑了出來。

「去札拉哥沙。」他說，一副鬆了口氣的樣子。

我跳出了車外，跟他一起去找一家還開著的店。這麼晚了，幾乎不可能還有店家開著。

不，不會不可能的。另一個自己已經被我趕走了；總會有奇蹟出現的，我自言自語著。

「你什麼時候得到巴塞隆納？」我問他。他曾經告訴我，他還有另一個會議要在那兒進行。

他不置一詞，表情變得嚴肅起來。我不應該問的，我想，他可能會以為我想干涉他的生活。

我們沉默地走著。在村裡的廣場上，竟然有塊招牌仍亮著：日光之屋。

「它還開著，我們有東西可吃了！」他只說了這麼一句話。

在星型的盤子裡，擺著鯷魚和紅椒，盤子邊上，有著曼奇哥起司，切得薄薄的，看起來近乎透明。桌子中間，有枝點著的蠟燭，以及半瓶紅酒。

「這兒曾是中世紀的酒窖。」侍者告訴我們。

在這樣的深夜，店裡已沒有其他客人。他去打了個電話，等他回到桌前，我本想問他打給誰，不過，這回卻忍住了不問。

「我們營業到半夜兩點半，」侍者說，「所以，如果你們願意的話，我們可以送上更多的起司、火腿以及酒，你們可以帶到廣場去享用。喝點酒可以讓你們覺得溫暖些。」

「我們不會在這兒待太久的，」他回答說，「我們必須在天亮之前抵達札拉哥沙。」

那個侍者回到吧檯去，我們又斟滿了酒。我又感到像在畢爾包時所感到的那種輕鬆，微醺的感覺讓我們容易去談那些原本困難的話。

「你開車開得夠累了，何況我們又喝了酒，」我說，「在這兒待一晚是不是會比較好？在剛才的路上，我看到有間小旅館。」

他點頭表示同意。

「看著這張桌子，」他說，「日本人用『渋み』（shibumi）來形容它，意思是樸實但蘊含著豐富或練達的意涵。然而，人們卻汲汲於用鈔票填滿帳戶，而且去昂貴的地方旅遊，好讓他們感到自己夠有涵養、夠世故。」

我又喝了點酒。

旅館。另一個在他身邊的夜晚。

「聽一個傳道人談『世故』真是奇怪。」我說著，試著想把心思轉移到其他的地方。

「我從傳道中學到這個，當我們愈接近上帝，祂就變得愈簡單，當祂變得更簡單，祂就愈顯偉大。

「基督是在祂鋸木頭製作椅子、床和木屋的時候，了解祂的任務為何。祂以木匠之身來昭告世人，不管我們做什麼，每一件事都引領我們走向神的愛。」

他突然停了下來。

「不過，我不想談這個，」他說，「我想談談愛的另一種形式。」

他靠近了我，撫弄著我的臉。酒讓他把事情變得容易了一些，也讓我更容易敞開心房。

「為什麼你突然停了下來呢？為什麼你不想再多談談上帝、聖母，以及那個宗教的世界？」

「我想談談另一種愛，」他再說了一次：「一份男與女共享的愛，在那樣的愛裡，同樣存在著奇蹟。」

我握住他的手。他或許很懂女神的偉大奧祕，然而，對於愛情，他卻不會懂得比我多；雖然，他遊歷的地方比我多得多。

我們握著彼此的手，握了好一陣子；從他的眼裡，我可以看到真愛用來測試我倆的深刻恐懼。

我看得出他仍記得前晚他遭我拒絕的痛苦，記得我倆這麼長久的分離，記得他在神學院追尋這種焦慮未曾侵入的世界的歲月。

從他的眼裡，我看得出，他曾不止千次想像這一刻以及這個場景的到來。我想對他說「我願意」，原意迎接他，我的心已戰勝了一切，我想告訴他我有多麼愛他，昨晚的那一刻，我心裡其實多麼想要他。

不過，我畢竟只是沉默著。恍如在夢境之中，我正目睹著，他的心正在掙扎；我看得出，他正遲疑著不知我是否會再次拒絕他；我看得出，他正思索著失去我的恐懼，想著曾經聽過的冷硬的推拒之言，我們倆都曾領受過這種經驗，這種傷疤至今仍在。

他的眼裡閃起了光輝。他已準備好要跨越藩籬。

從我倆緊握的手裡，我抽出了一隻手，將杯子放在桌沿。

「它要掉下去了。」他說。

「是啊，我要你把它從桌邊彈下去。」

「打破這只杯子？」

是的，打破這只杯子。一個簡單的動作，然而，其中卻隱含著我們並不全然理解的恐懼。既然每個人都曾在人生的某個時刻不經意地打破過杯子，那麼，現在打破這只便宜的玻璃杯有什麼錯呢？

「打破這個玻璃杯？」他又問了一次。「為什麼？」

「噢，我可以給你很多的理由，」我回答說，「不過，事實上，你不必聽，只須去做。」

「為了妳而做？」

「不，當然不是。」

他看著桌沿邊的那只杯子，擔心它要掉下去了。

這是一種象徵性的儀式，我想說。有些事是被制止的，玻璃杯是不應該打破的，不論在餐館裡或在家中，我們總是小心不將玻璃杯放到桌邊；在我們的習慣裡，我們總避免讓玻璃杯跌到地板上。

不過，當我們不小心弄破了杯子，我們會明白，那並不是什麼大不了的事。侍者總說：「沒關係。」也從不曾有人因為打破杯子而多付了錢。打破玻璃杯只是生活的一部分，不會傷害我們，也不會傷害餐館，或任何人。

我晃動著桌子，杯子搖了搖，但卻沒跌下桌去。

「小心！」他本能地喊出。

「打破這只玻璃杯！」我堅持著。

打破杯子，我心裡想著，這是個象徵性的動作，藉此試著去明白，在我心裡某個遠遠重要於玻璃杯的東西已被打破了，然而，我卻為此感到高興。讓心底的爭戰告終吧，打破這只杯子。

父母總教導我們，小心玻璃杯，小心愛惜自己的身體，教我們兒時的熱情不會再有，教我們不應背離信仰，沒有人能讓奇蹟顯現，也不會有人不知目的地為何，就輕率展開旅程。

請打破這只杯子吧，讓我們得以從所有的規範中掙脫，不再需要向任何人解釋，不再需要去做經過別人贊同的事。

「打破杯子。」我又說了一次。

他看著我。而後，慢慢地，將手順著桌布滑向那只玻璃杯，突然地，將杯子推到地板上去。

玻璃破碎的聲音引來了侍者的注意，他微笑著，看著我，卻並未為打破玻璃杯道歉，我則微笑著回望他。

「沒關係的。」侍者喊道。

但他卻沒費心去聽，反而站起了身，雙手攫起我的髮，吻著我。

我也緊緊捧著他的髮，用我全身的力量緊抱著他，咬著他的唇，感覺他的舌在我口中梭遊。

這個吻，我等待了那麼久，早在我們童年的河畔，在我們並不懂愛為何物的時候，這個吻就已等在那兒，懸宕了那麼長的時光，變成一個遊歷過許多地方的紀念徽章，隱藏在厚厚的教科書堆之中；這個吻曾遺失了那麼多次，現在，我們終於找回了它；在經過那麼多的找尋，那麼多的幻滅，那麼多不可能的夢想之後，終於，相擁親吻的時刻真的降臨了。

我用力吻著他，吧檯邊上的幾個人或許以為，他們所見的只是一個尋常的擁吻，卻不知道，這個吻代表了我的生命，以及他的生命，代表任何一個用心等待、夢想，並且尋找真正生命之路的人的生命。

在擁吻的那一刻，我所經歷的喜悅，等於我生命中所有快樂時光的總和。

用著力量，帶著恐懼及強烈的欲念，他褪下了我的衣衫，進入了我。雙手撫著他的臉，聽著他的喘息，我感謝上帝，讓他進入了我，讓我彷彿經歷了生命中初次的交歡。

我們整夜做愛，在醒與夢之間做愛，我感到他在我的軀體之中，並緊擁著他，想確認這一切真的發生，想確定他不會忽然消失，不會像暫住在古堡中的中世紀武士般突然不見蹤影。石牆的靜默似乎正訴說著深居古堡的怨女的故事，那樣憂傷地，無止無休地流淚望向窗外，凝視遙遠的地平線，找尋一絲希望的蹤跡。

不過，我不會步入她們的後塵，我向自己保證著。我絕不會失去他。他將永遠和我在一起，因為在我盯著聖壇後的十字架時，聖靈曾這麼告訴我，祂們說，我不會因此而有罪。

我將成為他的人間眷屬，我們將會駕馭一個即將誕生的新世界；我們將會宣揚聖母的理念，我們將會共同經歷先鋒者所遭遇的苦痛及喜悅。我已重新尋回我的信仰，我知道，祂們的話是真的。

一九九三年十二月九日

星期四

1993.12.9

我醒來時，他的手仍橫在我的胸前。早晨已經過了一半，附近的教堂傳來陣陣鐘聲。

他吻了我，雙手再次撫愛著我的身軀。

「我們得走了，」他說，「假期今天就結束了，路上必然會塞車。」

「我不想回札拉哥沙，」我回答說，「我想直接到你要去的地方去。銀行就要開門了，我可以用提款卡領一點錢，去買一些衣服。」

「妳說妳沒有什麼錢的。」

「我總想得出辦法的。我得和我的過去永遠地決裂。如果我們又回札拉哥沙，或許我又開始認為自己犯了錯，或許我會想起考試時間快到了，我倆可以暫時分開兩個月，等我把試考完。而如果我通過了考試，或許我又會不想離開札拉哥沙。不，不，我不能回那兒去，我得截斷那條與過去的自己聯通的橋。」

「巴塞隆納。」他自言自語著。

「什麼？」

「沒什麼。我們走吧。」

「不過，你不是有個佈道會？」

「那是兩天之後的事。」他說，聲音聽起來有點奇怪。「我們到別的地方去，我不想直接去巴塞隆納。」

我下了床，並不想面對問題。就像和某個人共度初夜之後，醒來時我總會感到一陣尷尬和一種拘謹。

我走到窗邊，拉開窗簾，向下望著窄窄的街道。沿街房子的陽台上晾滿了衣服，教堂的鐘聲仍響著。

「我有個主意，」我說，「我們到小時候常去的一個地方，我從不曾再回那兒去過。」

「哪兒？」

「琵卓河畔的修道院。」

離開旅館時，仍聽得到鐘聲，他於是提議走進附近的一間教堂裡去。

「我們已經做過那些事了，」我說，「教堂，禱告，儀典之類的。」

「我們做了愛，」他說，「我們曾醉了三次；我們在山裡漫步；我們更在嚴苛的規矩和熱烈的溫情中，找到很好的平衡。」

我說了些沒經大腦的話；我得適應這個新生活。

「抱歉。」我說。

「只要進去幾分鐘就好。鐘聲是一個預兆。」

他是對的，只是直到第二天，我才明白這一點。

之後，儘管不太明白教堂中那個預兆的意涵，我們上了車，開了四小時，抵達琵卓的修道院。

修道院的屋頂已經傾頹，殘留的雕像上，許多頭像已經不見了，其中只有一個例外。

我環顧四周，很久以前，這兒必定曾庇護過一些意志堅強的人，他們設法讓這兒的每一塊石磚保持潔淨，讓每一張座椅都坐著一位當時的有力人士。

不過，現在我只看到斷垣殘壁。小時候，我們曾來這兒玩耍，總是將這些廢墟當成是城堡；就在這些城堡裡，我找著了心愛的王子。

好幾世紀以來，琵卓修道院的修士們一直讓這兒成為他們的天堂。坐落於谷底的平地上，修道院享有鄰近村莊所企求的豐沛水源，琵卓河在此地分散成幾十個瀑布、支流和湖泊，附近因而蔬果豐饒。

然而，只要再走數百英尺，舉目所及卻是荒涼的絕壁，河水變成了狹窄的細流，彷彿在穿過谷地之後，它便已耗盡了青春與活力。

修士們深知此點，因此向鄰近的人收取很高的水費，修道院的歷史因而可說是由修士與村人無數的爭水戰役寫成的。

在震撼西班牙的重大歷史戰爭中，其中一戰讓琵卓的修道院成了一個大軍營，戰馬穿堂而入，戰士們睡在教堂的長椅上，說著猥褻的故事，並且和鄰近村莊的女人交歡。

遲來的復仇之役畢竟還是來了，修道院被占領，也遭到破壞。

修士們永遠無法重建他們的天堂，在其後的許多戰役中，有一回，有個人說附近村莊裡的居民曾實踐了上帝所說的一句話。耶穌基督曾說：「當讓口渴的人取得水喝。」然而，修士們對此卻並不在意，因此，上帝就將這些自以為是造物主的人驅逐了。

或許正因如此，儘管這座修道院有許多處已獲重建，然而主堂卻仍是一片廢墟；村人的後代從未忘記，他們的父母曾經為了免費的大地資源，付出了多麼高昂的代價。

「這座雕像是誰？為什麼只有它仍保有頭？」我問他。

「聖女德肋撒，」他回答，「她非常有能力。即使是在復仇之心最熾盛之時，也沒人敢碰她的雕像。」

他牽起了我的手，兩人相偕走出了教堂。我們沿著修道院寬敞的陽台走著，爬上了木梯，驚異地看到裡頭的花園竟有蝴蝶飛舞著。我回想著修道院裡的種種細節，因為當我還是小女孩時，曾經來過這兒，而往日的記憶似乎比我眼前所見到的更為明晰。

回憶。在這個星期之前我所經歷的歲月，彷彿已成為我的另一個化身的一部分，成為我不想再回首的人生階段，因為那段時光從不曾被愛之手碰觸過。我覺得自己重複著一天又一年，每天清晨以同樣的方式醒來，說著同樣的話，而後做著同樣的事。

我想起了父母、祖父母，以及許多老朋友，想起自己曾耗費了多少時光，去爭取自己其實不想要的東西。

為什麼我會那麼做？我想不出理由。或許是我太懶得去想其他可走的道路；或許是我恐懼著別人的想法；或許要變得不同，太過費力；我想起了那位神父的話，或許在某一小撮人開始以新的方式生活之前，人們注定要重複前人的腳步。

而後，這個世界改變了，我們也因而改變。

然而，我不想再這樣下去了，命運將原本屬於我的事物還給了我，給我機會改變自己，以及改變世界。

我再次回想起沿途遇見的那些登山者。他們穿著鮮麗的衣服，因而可以輕易在雪地上發現他們，他們知道走到山巔的正確路徑。

山崗上已有鋁釘鋪路，他們只需沿著走，就能安全爬上峰頂。他們來到此地，尋求一個假日的探險之旅；等星期一回到工作崗位上時，他們便會感到自己曾向大自然挑戰，並且戰勝了它。

然而，實情並非如此。真正的探險者是那些第一次爬上此山、找到通向峰頂之路的人。其中有些人墜崖而死，在半途便出師不捷；有些人因凍瘡而失去手指和腳趾；有些人可能失蹤了；然而，終有一天，這些先鋒隊伍裡，總有人能夠抵達峰頂。

這些人是第一批能夠一覽天下的人，他們的心因喜悅而跳動著。在他們之前有人曾冒死嘗試，而今，他們承擔了風險，並因征服大地而得享榮耀。

在山腳下的人，或許會想：「上頭什麼也沒有，不過只是一個風景罷了，有什麼好偉大的？」

然而，第一個登上峰頂的人知道其偉大之處，那就是：他因而能夠迎向接踵而來的種種挑戰。他知道，並沒有任何一天會是一樣的，每一天清晨都帶著奇蹟而來；遠古宇宙中的神奇時刻已被破壞了，新的星辰正在誕生。

望向腳下冒著炊煙的火柴盒般的房子，第一個爬上峰頂的人必定要問：「他們的日子想必天天都是一樣的，那有什麼好偉大的？」

而今，所有的山巒都為人所征服，太空人甚至已能在太空漫步；地球上幾乎已沒有尚待發掘的島嶼，不管它是如何渺小；然而，在人類的精神領域裡，卻仍有偉大的冒險之旅，而今，我正在經歷其中之一。

這是一種幸福。神父卻不明白這一點，這些痛苦其實並不是那麼傷人的。

能夠踏出第一步的人才是幸運的。有一天，人們終會明白，不論男女，都有能力去說天使的語言，我們都被聖靈賦與了某些特殊的能力，因而人人皆能展露神蹟、能夠治病、能夠預言，並且，能夠理解人世。

整個下午我們都在峽谷裡漫步，回憶著童年往事。這是他第一次與我重溫舊夢，在畢爾包時，他似乎對索利亞的一切沒有一絲興趣。

現在，他問起了每一個我們共同的老友，想知道他們是怎麼過日子的，是否過得快樂。

最後，我們走到琵卓河最大的瀑布旁，那兒是許多小支流的匯口，大量的河水自一百英尺左右的高度傾瀉而下，我們站在瀑布邊上，聽著震耳欲聾的水聲，注視著映在水霧上的彩虹。

「這叫馬尾瀑布。」我說，驚異著自己在這麼久之後，還記得它的名字。

「我記得……」他開始說。

「我知道你要說什麼！」

我當然知道。瀑布後有一個很大的洞穴，小時候，我們第一次從琵卓的修道院回來以後，連續好幾天都談論著那個地方。

「那個洞穴，」他說，「我們到那兒去。」

要穿過瀑布的急流是不可能的，不過，昔日的僧侶自瀑布的最高點築了一個隧道，可以向下直通到洞穴背後。

要找到入口並不難。夏天的時候，隧道裡或許還有光線照路，不過，現在隧道裡卻是完全黑暗的。

「這條路對嗎？」我問。

「是的，相信我。」

我們開始自瀑布旁的洞口向下走，儘管暗不見光，我們卻知道要往哪兒走——他要我相信他。

謝謝祢，上帝，當我們正一步一步向地面走去時，我想道，因為我是隻迷路的羊，而祢將我領回；因為我的生活已經如枯槁，而祢讓它重生；因為我的心中早已沒有愛的存在，而祢讓我再度尋回愛的能力。

我搭著他的肩，我的愛人正領著我穿過黑暗，他知道我們終究會重見光明，那時我們將雀躍歡欣。或許，未來也會出現相反的情境，那麼，讓我以相同的愛與篤定，領著他，直到平安抵達目的地，再一塊兒休息。

我們走得很慢，彷彿得一直往下走，永遠不得停止似的。或許這是另一階段的儀式，象徵著我那黑暗的人生已告終了。走過隧道的同時，我想著自己在同一個地方浪費了多少時光，把根扎在一個長不出果實的貧瘠土地裡。

不過，上帝是慈愛的，祂將我失落的熱情重新找回，引領我去經歷我一直夢想著的旅程。面對著這個等了我一生的男人（儘管我並不自知），對於他要離開神學院，我一點也不自責，正如那位神父所言，因為有許多方法可以服侍上帝，而我們的愛只會使那些方法更為增多；從現在開始，因著他，我也會有機會去服侍上帝，幫助他人。

我們將共同走入一個世界，在那兒，我們將為人們，也為彼此帶來慰藉。

上帝，謝謝祢讓我能夠服侍祢，讓我懂得這麼做的價值。請賜與我力量，以成為他的任務的一部分，陪他一起走過這片人間大地，並且讓我有個全新的性靈生活。但

願我們的日子如同以往，能夠周遊各地，讓病者得以痊癒，讓受苦者有所慰藉，為所有人宣揚聖母的愛。

忽然，我們又聽到了水聲，光線照亮了眼前的路徑，黑暗的隧道變成世上最美的景致。

我們身在一個很大的洞穴之中，大得有如一個教堂那般。洞穴三面都是石壁，第四面就是馬尾瀑布，大水流瀉著，奔向我們腳下那翡翠般碧綠的潭水中。

夕陽餘暉穿過瀑布，水霧閃爍著光芒。

我們靠在石牆上，什麼話也沒說。

當我們還是孩子時，這兒是海盜的藏身之處，那童稚幻想中的寶藏就埋藏於此。而今，這兒是大地之母的奇蹟；我知道她在這兒，我感覺自己正處於她的子宮之中，她以石牆庇護我們，以純淨的流水沖走我們的罪。

「謝謝你。」我大聲地說。

「妳在謝誰？」

「她，以及你。因為你們讓我重新有了信仰。」

他走到水邊，望著外面，他笑了。「到這兒來。」他說。

我走到他身旁。

「我想告訴妳一些妳仍不知道的事。」他說。

他的話讓我有些擔憂，不過，他看起來倒顯得平靜而快樂，讓我又感到安心。

「世上的每個人都被賦與一種特別的能力，」他開始說，「有些人自然就能展現這種能力；有些人得努力去發掘它。當我在神學院的四年裡，我便行使著這種特殊的能力。」

現在，我得進行「角色扮演」，就像在教堂外老人不准我們進去時，他教給我的法子，我得假裝什麼都不知道。*這麼做並沒什麼不好，我告訴自己，這個腳本是基於喜樂，而非挫敗而寫的。*

「你在神學院做些什麼呢？」我問，試著想拖延時間，讓自己能把這齣戲演得更好些。

「那不重要，」他說，「事實是我發展出一種特殊能力，當上帝同意我使用它時，我就能為人治病。」

「那太好了，」我回答說，故意顯得很驚訝似的，「這樣我們就不必花錢看醫生了！」

他可沒笑，我覺得自己真像個白痴。

「我藉由妳也曾看過的聖神同禱會儀典來發展這項能力，」他繼續著，「剛開始，我感到很驚訝。我總是先禱告，請求聖靈顯現，然後，透過我的雙手，許多病人便康復了。我的名聲於是傳了開來，神學院門口每天都有人排隊，希望得到我的幫助。而在每一個遭感染的、漫著惡臭的傷口上，我都會看到耶穌基督的傷。」

「我真為你感到驕傲。」我說。

「神學院裡有許多人反對我，不過，我的前輩卻完全支持我。」

「我們將繼續這麼做，我們可以一起環遊世界，我可以清理病患的傷口，你來為他們禱告，上帝可藉此展現神蹟。」

他的眼神離開了我，投向遠遠的潭水。洞窟那兒似乎有個幽靈，很像我們在聖莎文那晚，在廣場古井邊喝醉時，我所感覺到的精靈。

「我以前曾告訴妳這事，不過，我想再說一次，」他繼續道，「一天夜裡，我醒了過來，房間裡一片明亮，我見到聖母的臉，見到她慈愛的眼神；之後，她一再出現在我面前。我自己無法讓這情境出現，不過，每隔一陣子，她就會顯靈。

「我第一回見到她的時候，就已注意到教堂真正改造行動的工作，我知道自己來到人世的任務，除了為人治病之外，還應該以更平和的方式，使人們接受上帝也是個女性的新觀念，使女性的法則得以重新建立，智慧的殿堂也將在所有人的心中重新建構。」

我凝視著他，他那原本緊繃著的臉，現在又舒緩下來了。

「這需要付出代價，而我原來也打算付出。」

他停了停，彷彿不知該如何繼續說下去。

「你說你原來打算要付出代價是什麼意思？」我問。

「女神之路只能以言語和神蹟來開展，不過，這卻不是這世界運作的法則，因而，這個任務將變得很困難，其中充滿了淚水、曲解和痛苦。」

我想起那個神父的話。他試著想將恐懼自心中趕出，而我將是他的安慰。

「這條路不是為了尋求苦痛的，而是為了服侍主的光輝的。」我回答他。

「世上絕大多數的人仍然不肯相信真愛。」

我感覺他試著要告訴我什麼，但卻說不出來。我想幫幫他。

「我一直在想這一點，」我插話說，「第一個攀上庇里牛斯山最高峰的人，一定會覺得不曾歷經過這種探險的生命，是少了上天的恩寵的。」

「妳用『恩寵』這個字眼意指什麼呢？」他問我，而我看得出，他又感到緊張起來：「在聖母的眾多稱號中，有一個叫做『恩寵之母』，她慷慨的雙手不停將祝福賜給懂得領受的人。我們無法評定別人的生命，因為只有他自己知道自己的痛苦和所放棄的事；你可以認為自己走在對的道路，你也可以認為你所走的路是別無選擇的。

「耶穌說過：『我父親的屋子有很多大宅院。』一種特殊能力是一種恩寵，或是一種幸運；然後，知道如何活得有尊嚴、有愛、有工作也是一種幸運。聖母瑪麗亞在人世的丈夫，很努力去展現默默工作的價值，儘管他並不甚為人所知，但正是他讓他的妻和子有屋住、有衣食，並能夠去做他們想做的事。他的工作和他們的一樣重要，雖然沒有人給過他什麼讚譽。」

我沒說什麼，而他握著我的手。「原諒我這麼沒有耐性。」

我吻了吻他的手，將它捧到我的頰上。

「這就是我想向妳解釋的事，」他說，再度微笑著，「從我再度遇到妳之後，我明白，我不能為了自己的任務，而給妳帶來任何傷害。」

我開始感到憂慮。

「昨天我騙了妳，那是我第一次，也將是最後一次，對妳說謊。」他繼續說道：「其實我沒去神學院，我到山上去和聖母對話了。我告訴她，如果她真的希望我那麼做，我必定會離開妳，繼續我應走的道路，走回聚集著病患的門前，半夜出診到有需要的人家裡，到那些拒絕信仰的人那兒去，到那些不相信愛是救世主、對此充滿譏諷心態的人面前佈道；如果她真的要求我這麼做，我必將放棄我這一生的最愛：妳。」

我又想起了那位神父。他是對的，那天早上，他做了決定。

「然而，」他繼續說，「如果我生命中的這個困境能夠解除，我承諾，必定要以我對妳的愛來服務這個世界。」

「你在說什麼？」我問，這次我真的被嚇著了。

他似乎沒聽見我的話。

「為了證明自己的信仰，並不一定非要移山不可。」他說。「我已準備要獨自面對痛苦，不願與別人分擔。如果我繼續走那條路，我們就不能擁有那個有白色窗紗及山間風景的屋子。」

「我才不在乎那個房子！我才不想走進去呢！」我說著，努力不讓自己咆哮起來。「我想和你在一起，和你一起面對你的掙扎；我想成為先鋒者之一，你難道不明白？你已為我找回了信仰！」

陽光最後的餘光映在洞窟的牆上，然而，我卻感覺不出它的美。

上帝總在天堂中埋藏著地獄之火。

「妳並不明白，」他說，我看得出他眼神裡正乞求著我的諒解，「妳不明白那些風險。」

「不過，你卻願意去承擔那些風險！」

「我的確願意。不過那終究是我的風險。」

我想打斷他，不過他卻不肯聽。

「所以，昨天，我乞求聖母創造一個奇蹟，」他又說，「我請求她將我的特殊能力收回。」

我無法相信自己聽到的。

「我有一些錢，這些年的旅行也給了我不少歷練。我們可以買幢房子，我會找個工作，以聖約瑟夫使徒服侍上帝的方式，做個沒沒無名的人。我不再需要以施展神蹟的方式來保有信仰。我需要的是妳。」

我的雙腿癱軟下來，覺得自己就要暈倒了。

「就在我要求聖母收回我的能力時，我又開始喃喃說起話來，」他繼續著，「那些話語告訴我，『將你的手貼在地上，你的能力將會消失，回到聖母的胸前。』」

我驚慌起來：「你不會……」

「我照著做了。我照著聖靈的囑咐去做了。霧於是散去，陽光又映照在山頭，我感覺聖母是了解我的，因為她的愛是那樣偉大。」

「不過，她的偉大是來自她的丈夫！她接受了她兒子所走的道路！」

「我們並沒有她的力量，派拉。我的能力將會被轉移到另一個人身上，這樣，這個能力就不致被糟蹋。

「昨天，在酒吧裡，我打電話到巴塞隆納，取消了我的佈道會。我們到札拉哥沙去吧，在那兒有妳認識的人，那是個讓我們重新開始的好地方，我可以輕易就找到一份工作。」

我無法繼續想下去。

「派拉！」他叫喚著我。

而我已重新走回隧道，只是，這一次沒有一個親愛的肩膀可以憑依，我滿腦子想著那些可能會死去的病人、那些正受著苦的家庭、那些不能夠展現的奇蹟、那些不再造福人世的笑容，以及長踞一地的山巒。

我什麼也看不到，只有無邊的黑暗將我團團籠罩。

一九九三年十二月十日

星期五

1993.12.10

我坐在琵卓河畔，哭泣。昨夜的記憶變得混亂而模糊，我只知道自己差點死去，但是卻想不起他的臉，也不記得他帶我到哪兒去。

我真希望能將一切記起，這樣才能將之完全從我心中驅離；不過，我卻做不到。一切似乎就像一場夢。我自那漆黑的隧道走出時，外面的世界卻也是一片黑暗。

天空沒有一顆星。我模糊地憶起，我走回車裡，拿起我小小的背包，開始漫無目的地遊蕩。我必定曾走到大馬路上，想搭便車回札拉哥沙去，不過卻沒有成功。最後，我回到修道院的花園去了。

到處都是水聲，四面都有瀑布，讓我感覺，不管走到哪兒，聖母都陪著我。是的，她愛這個世界，她的愛不亞於上帝，因為她曾讓愛子為人們犧牲。不過，她是否明白一個女人對一個男人的愛？

她一定也曾因愛而受苦，不過，那是另一種愛。她在天堂的新郎明白一切，且能施展奇蹟；她在塵世的丈夫是一個樸實的工人，他相信夢境中的一切。但她從不知道，遺棄一個男人，或被一個男人遺棄，是什麼滋味。當約瑟夫因她懷了孕而要將她趕出家門時，她在天上的新郎立刻派遣天使，阻止事情發生。

她的兒子離開了她，不過，孩子長大了終究會離開父母的。因為愛世人、愛這個世界或愛你的兒子而受苦，是比較容易承受的，因為你視這種折磨為生命的一部分，這種苦是尊貴的，是偉大的。為了某個任務或理由而受苦，是比較容易的，它讓受苦的人因心靈的偉大而容易承擔。

然而，如何去形容為了一個男人而受的苦？那是無從解釋的。這種折磨讓人覺得宛如置身於地獄之中，因為在這樣的苦痛裡，沒有偉大或是尊貴的成分，有的只是悲慘。

那一夜，我睡在冰凍的地上，寒冷讓我失去知覺。我想，無所遮蔽的我或許會因此凍死，然而，我卻無從去找一個庇蔭之處。我生命裡最重要的事曾在一星期中降臨，然而，卻在一分鐘之內被奪走，而我對此甚至來不及說一個字。

我的身體因寒冷而顫抖著，但我幾乎感覺不到。不久，顫抖將自動停止，我的體力終究會消耗殆盡，無力再提供熱能。那時，一種鬆弛感就會再度湧上，而死亡就會將我攫住。

我又繼續顫抖了一個小時，而後，平靜終於降臨。

在闔上雙眼之前，我聽到了母親的聲音。她述說著一個兒時經常聽到的故事，不過，那時並不明白，那個故事與我有關。

「一個男孩和一個女孩瘋狂地戀愛了，」我母親的聲音說著，「他們決定要廝守一生，因而，彼此需要交換一個信物。

「那個男孩很窮，他唯一值錢的東西就是祖父留給他的錶；想著愛人那一頭漂亮的頭髮，他決定將錶賣了，好為她買個銀色的髮夾。

「那個女孩也沒有錢買禮物給男孩。於是到城裡一個成功商人的店裡，將秀髮賣給了他，用這筆錢為愛人買了一條金錶鍊。

「第二天，到了交換信物的時刻，她給了他錶鍊，然而，那只錶已賣掉了；而他則給了她髮夾，只是，她已剪掉了長髮。」

一個男人將我搖醒。

「喝下這個！」他說。「快喝！」我不知發生了什麼，也沒有力氣抗拒。他打開了我的嘴，強迫我喝下一杯熱熱的液體。我注意到那個男人只穿著襯衫，用外衣將我緊緊裹住。

「多喝點！」他堅持著。

儘管不清楚自己在做什麼，我卻照著做了。之後，我又閉上了眼。

我醒來時，發覺自己置身在一個女修道院裡，一個女人正在照料我。

「妳差點死了，」她說，「要不是警衛發現妳，妳就不會在這兒了。」

我頭暈腦脹地站起了身。前一天的事慢慢拼湊了出來，我真希望那個警衛不曾經過我身邊。

不過，顯然我命不該絕，還得繼續活下去。

那個女人領我到廚房，為我準備了咖啡、餅乾和麵包。她什麼也沒問，我則什麼也沒說。當我吃完東西，她把我的背包交給我。

「看看東西是不是都在。」她說。

「我確定都在，我並沒有太多東西。」

「妳有妳的生命，我的孩子。一個長長的人生。好好照顧自己。」

「附近有個城，城裡有間教堂，」我說著，心裡卻想哭，「昨天，在我到這兒來之前，我走進那間教堂，和一個……」

我無法說下去。

「和一個童年時候的朋友。我幾乎去遍了那地區所有的教堂，然而，那間教堂的鐘聲一直響著，他說那是一個預兆，我們應該進去。」

那女人為我又斟了杯咖啡，也為自己斟了些，然後坐到我身旁傾聽我的故事。

「我們走入了教堂，」我繼續說，「裡頭很暗，沒有別人。我想去找那個預兆，不過只看到同樣的祭壇和同樣的使徒像。突然間，我們聽到上面有動靜，那兒有架風琴。

「有一羣男孩抱著吉他，正在調音；我們決定坐下來，在繼續我們的行程之前，聽一下他們的演奏。不久，有個男人走了進來，坐到我們身旁；他心情很好，向男孩們喊著，要他們表演雙人舞。」

「鬥牛音樂？」那女人說。「我希望他們沒這麼做！」

「他們倒是沒有。不過，他們彈奏了一曲佛朗明哥舞曲。我的朋友和我感到有如置身天堂一般；教堂、周遭的黑暗、吉他的樂聲，以及那個男人的喜樂——一切都像是個奇蹟。

「漸漸地，人多了起來，男孩們繼續彈著舞曲，進來的人臉上都帶著笑容，感染了這些彈吉他的男孩的喜悅。

「我的朋友問我是否想參加即將舉行的彌撒，我說不要，因為我們待會兒還有很長的路要趕。所以，我們決定離開。不過，在走之前，我們感謝上帝，讓我們的生命出現了這樣一個美好的時刻。

「到教堂門口時，我們看到好多人，可能是整個小鎮的人，正朝教堂而來。我想，這小鎮一定是西班牙最後一個完全信仰天主教的鎮——因為這羣人看來似乎十分有趣。

「等我們坐進車子裡，就看到一個葬禮的隊伍正在前進，有人死了，這個彌撒就是為此人而舉行。隊伍走到教堂門前，奏樂者停止了舞曲，改奏起一首輓歌。」

「但願上帝悲憐那個靈魂。」那個女人畫了個十字架。

「但願上帝慈悲，」我說，重複了她的動作，「不過，我們到教堂去的確是個徵兆，那就是，每個故事都有個悲傷的結局。」

那個女人默不作聲，而她離開了房間，帶著紙和筆很快地回來。

「我們到外頭去。」她說。

我們一起走了出去，太陽正在升起。

「深呼吸一下，」她說，「讓這個嶄新的早晨進入妳的肺裡，透過血脈周遊全身。依我所見，妳昨天的失落並不是一個意外。」

我沒有回答她。

「妳並未真的了解妳所告訴我的故事，也不是真的明白教堂裡的那個預兆，」她繼續說，「妳只看到過程最後的傷悲，卻忘了置身其中的快樂時刻；妳忘了曾經歷置身天堂般的喜悅，也忘了一切是那樣美好，當妳能夠和妳的……」

她停了停，微笑著。

「……兒時的朋友在一起時。」她眨了眨眼，又說：「基督說：『讓死亡的去埋葬死亡。』因為他知道，死亡其實並不曾存在。在降臨人世之前，我們就已擁有生命了，而在我們離開人間後，這個生命也將繼續存在。」

淚水盈滿了我的眼眶。

「愛也是一樣的，」她繼續說道，「它之前既已存在，就將永遠存在。」

「妳似乎對我人生裡的一切都知之甚詳。」我說。

「所有愛的故事都有許多相似之處。在我生命的某個時刻，也曾經歷過同樣的事，不過，我所記得的倒不是事件本身，我所記得的是，愛以另一種形式，以另一個男人、新的希望和新的夢想，又回到我的心中。」

她拿出了紙和筆給我。

「把妳感受到的一切寫下來，將之從妳的靈魂中帶走，形諸紙上，然後再丟棄它。傳說中，琵卓河是這樣的冰冷，任何跌落河中的東西，不論是落葉、蟲屍或鳥羽，都化成了石頭。將妳的苦痛丟到河水裡，或許是個好主意。」

我收下了紙筆。她吻了吻我，說如果我願意，可以回來吃午飯。

「別忘了，」她離去後，又回頭向我喊道，「愛永遠存在，變換的只是男人。」

我笑了笑，她則揮揮手，向我道別。

我盯著河水好長一陣子，哭到淚水再也流不出了。

而後，我開始將故事寫下。

尾聲

我寫了整整一天，而後又寫了一天，又一天。每天早晨，我來到琵卓河畔；每天下午，那個女人就會來找我，挽起我的臂，領我回到女修道院。

她為我洗衣、做晚餐，跟我聊些瑣事，然後送我上床睡覺。

一天早晨，在我快要完成整份手稿時，聽到一輛汽車的聲音。我的心怦怦地跳，但不想相信它是真的。我已再度讓我的心得到自由，正準備重新走回塵世，成為它的一分子。

最壞的事已經過去了，儘管哀傷仍隱隱存在。

然而，我的預感是對的，儘管我的眼未嘗稍離紙筆，卻感覺得到他的到來，聽得到他的腳步聲。

「派拉。」他喊我的名字，隨即在我的身旁坐了下來。

我繼續寫著，並未回答。

我無法將思緒集中，我的心急促地跳著，彷彿就要從胸口迸出，躍向他。但我強忍著。

我繼續寫著，他則坐著凝視河水，整個早上就這麼過去了，我們倆一句話也沒說；這讓我想起，在古井邊那個沉默的晚上，那個讓我忽然明白自己深愛著他的晚上。

當我的手再也沒法寫了，我於是停了下來，而後他開始說話。

「離開洞穴出來時，外頭一片漆黑，我不知道妳在哪兒，於是就到了札拉哥沙，後來甚至回到索利亞去，到處找妳。之後，我決定再回到琵卓河畔的修道院來，看看是否有妳的蹤跡。正巧遇見一個女人，她告訴我妳在這兒，還說，妳一直在等我。」

我的眼中充滿了淚水。

「我要一直坐在河邊陪妳。如果妳要回去休息，我就睡在屋子外面；如果妳要離開，我就在後面跟著妳，直到妳要我走開為止。那時，我會離開的。不過，終我一生，我都將愛著妳。」

我的淚水再也止不住了，他也哭了起來。

「我想告訴妳……」他又開始說。

「別多說什麼。讀讀這個。」我把我寫下的東西交給了他。

整個下午，我都凝視著琵卓河。那個女人為我們帶來三明治及酒，提醒我們天氣的狀況，便留下我們而去。他讀著手稿，不時停下來望向天空，心中若有所思。

後來，我走到林子裡，經過一些小瀑布，以及對我而言，滿載著故事及意義的山水。等到太陽快下山了，我才走回方才離開他的地方。

「謝謝妳，」他一邊把手稿還給我，一邊說，「原諒我。」

在琵卓河畔，我坐了下來，哭泣。

「妳的愛讓我得到救贖，讓我重回我的夢想之中。」他繼續說。

我什麼話也說不出來。

「妳知道〈詩篇〉第一三七首嗎？」

我搖搖頭，害怕說出任何一個字。

「我們在巴比倫河的河畔……」

「噢，是啊，我知道，」我說，感覺自己一點一點地，慢慢又活了回來。「它提到放逐，提到人們因為不能再彈奏心中所愛的音樂，因而將豎琴收了起來。」

「然而，當詩人喊出他對夢想中的土地的渴念時，他向自己保證：

耶路撒冷啊，我若忘記你，
情願我的右手忘記技巧。
我若不讚頌耶路撒冷，
情願我的舌頭貼於上膛。」

我又微笑了。

「我曾經遺忘，是妳將它又帶回來了。」

「你認為你的特殊能力又回來了？」我問。

「我不知道。不過，女神總會在我這一生裡，給我另一個機會，尤其，她讓我有了妳。她總會幫我再找到我的道路。」

「我們的道路。」

「是的，我們的。」

他握住了我的雙手，而後抱起了我。

「走吧，我們去拿妳的行李，」他說，「夢想意味的是，行動。」

文學人生 BLH119

我坐在琵卓河畔，哭泣。

By the River Piedra I Sat Down and Wept

作者 — 保羅・科爾賀（Paulo Coelho） 作者網站：paulocoelhoblog.com
譯者 — 許耀雲

總編輯 — 吳佩穎
主編 — 黃孝如、許耀雲、張茂芸
責任編輯 — 周宜靜、張茂芸、陳怡琳
校對 — 楊慧莉、魏秋綢
美術設計 — BIANCO TSAI
內頁排版 — 張靜怡、楊仕堯

出版者 — 遠見天下文化出版股份有限公司
創辦人 — 高希均、王力行
遠見・天下文化・事業群 董事長 — 高希均
事業群發行人／CEO — 王力行
天下文化社長 — 林天來
天下文化總經理 — 林芳燕
國際事務開發部兼版權中心總監 — 潘欣
法律顧問 — 理律法律事務所陳長文律師
著作權顧問 — 魏啟翔律師
地址 — 台北市 104 松江路 93 巷 1 號 2 樓

讀者服務專線 — (02) 2662-0012 ｜傳真 — (02) 2662-0007；(02) 2662-0009
電子郵件信箱 — cwpc@cwgv.com.tw
直接郵撥帳號 — 1326703-6 號 遠見天下文化出版股份有限公司

製版廠 — 東豪印刷事業有限公司
印刷廠 — 祥峰印刷事業有限公司
裝訂廠 — 聿成裝訂股份有限公司
登記證 — 局版台業字第 2517 號
總經銷 — 大和書報圖書股份有限公司 電話／ (02) 8990-2588
出版日期 — 2020 年 11 月 30 日第四版第 1 次印行

國家圖書館出版品預行編目（CIP）資料

我坐在琵卓河畔，哭泣。／保羅・科爾賀（Paulo Coelho）著；許耀雲譯 . -- 第四版 . -- 臺北市：遠見天下文化, 2020.11
面； 公分 . --（文學人生；BLH119）
譯自：By the river piedra i sat down and wept.
ISBN 978-986-5535-74-2（平裝）

885.7157 109014015

原書名：NA MARGEM DO RIO PIEDRA EU SENTEI E CHOREI

定價 — NT 380 元
ISBN — 978-986-5535-74-2
書號 — BLH119
天下文化官網 — bookzone.cwgv.com.tw

天下文化
BELIEVE IN READING